KB126032

부산은 따뜻하다

경부선 종착역

내 철도생활의 종착인 부산역에 다 와 간다.
종착역은 다시 서울로 가는 시발역이다.
이제 철도가 아닌 새로운 인생 2막을 향해
발차 신호를 내려고 한다. 부산역에서.

반극동 지음

도서출판 행복에너지

경부선 종착역

부산은 따뜻하다

초판 1쇄 발행 2017년 5월 15일
초판 2쇄 발행 2017년 6월 1일

지 은 이 반극동
발 행 인 권선복
편 집 심현우
디 자 인 서보미
전 자 책 천훈민
발 행 처 도서출판 행복에너지
출판등록 제315-2011-000035호
주 소 (07679) 서울특별시 강서구 화곡로 232
전 화 0505-613-6133
팩 스 0303-0799-1560
홈페이지 www.happybook.or.kr
이 메 일 ksbdata@daum.net

책 만드는데 도움 준 분

교정참여 : 송영호, 최고은, 윤빛나, 김근배, 박현숙
표지디자인 및 손글씨 : 반소연
사진협조 : 코레일 홍보실(이은덕), 류기윤(서울고속철도기관차승무사업소)

값 15,000원

ISBN 979-11-5602-489-7 (03810)

부산은 따뜻하다

경부선 종착역

철도생활의 종착인 부산역에 다 와 간다.
착역은 다시 서울로 가는 시발역이다.
제 철도가 아닌 새로운 인생 2막을 향해
차 신호를 내려고 한다. 부산역에서.

반극동 지음

도서출판 행복에너지

Prologue

열차가 부산역에 도착합니다

부산에서 근무한 지 3년이 지났다. 철도생활 35년에 자리를 22번이나 옮겼으니, 평균 1년 반 만에 한 번씩 이동한 셈이다. 그중 제일 오래 근무한 곳을 꼽는다면 본사 근무시절 3년 반과 이곳 부산 3년이다. 그래서인지 부산은 애착이 많이 간다.

젊었을 땐 일하느라 바빠 주변을 돌아볼 여유도 없이 살았는데, 퇴직이 가까워지고 지방으로 오면서 그나마 몸과 마음에 여유가 생겼다. 시간이 허락하는 한 부산의 이곳저곳을 많이 다녀 보자고 생각했다. 부산역을 중심으로 그 반경을 넓혀 대부분을 돌아다녀 봤다.

퇴근길에는 운동도 할 겸 초량 이바구길을 자주 걸었다. 이바구 자전거가 처음 등장했을 당시 맹주환 부산역장과 동구청 도시재생프로젝트 담당 김현우 주무관과 함께할 기회가 있었다. 그때 몇 가지 의견을 말씀드렸었다. 도로바닥에 이동 표시를 확실하게 했으면 좋겠다, 야간통행을 위한 조명 설치 필요성과 길거리 담장에 동구 인물뿐 아니라 부산 전체 인물을 그려 넣으면 좋겠다, 중간 168계단 아래에 있는 우물에도 지붕과 두레박을 설치하면 여러모로 좋겠다는 것과 김민부 전망대엔 연인들이 자물쇠를 매달거나 하트 풍선을 날리는 이벤트를 하면 좋겠다고 제안했었는데 최근 이 중 몇 가지가 반영되었다.

부산은 구도심과 신도심이 함께 공존하며 발전해 가고 있다. 바다와 내륙의 연결점이어서 국제적 도시라는 강점도 있다. 여름에 시원하고 겨울에 따뜻하여 인기 있는 휴양도시이다. 부산북항 재개발이며, 동부산관광단지 개발, 크루즈선박이 정박 가능한 부산항여객터미널 확장, 김해국제공항 확장 등으로 볼 때 미래에 부산은 우리나라뿐만 아니라 세계 어느 유명 관광지 못지않게 유명한 관광도시가 될 것이다.

여기 글들은 2008년도부터 직원들과 소통을 위해 써 왔던 '1분 메일' 중 부산에 온 2014년부터 현재까지의 분량과 그동안 직원들에게 강의했던 자료를 정리한 것이다. 부산에 살면서 부산 관련 TV프로그램, 지방신문 등을 관심 있게 봤고 참고하였다. 서툰 글이지만 페이스북 친구들이 '좋아요'를 눌러 주고 공감해 줌에 힘입어, 부산을 떠나는 아쉬움 속에 발자국을 남기려고 한다.

부산은 따뜻한 기후만큼이나 사람들이 정이 많고 따뜻하다. 우리 직원들은 물론이고 가는 곳마다 만나는 사람들 대부분은 조금 투박했다. 그렇지만 어느 지역의 사람들보다 인정이 넘치고 마음이 따뜻했다.

그래서 나는 부산을 더 좋아할 수 있었다.

2017년 3월 부산항을 바라보면서

먼저 읽어 보고

하루하루 빡빡한 일상 속에서 몇 줄이라도 글을 쓴다는 것이 쉬운 일은 아닐 것인데, 일기처럼 정리한 글들이 하나의 역사가 된 것 같습니다. 이렇게 책으로 출간되는 것을 보니 참 부럽기도 하고 가슴 한쪽에 뭉클한 뜨거운 감동입니다. 부산을 부산 사람보다 더 많이 알고 계신 처장님! 계시는 동안 열정과 따뜻함에 후배들은 반했습니다. 그래서 우린 나날이 발전하는 갈매기가 되고 있습니다. 처장님! 사랑합니다.

| **최부환**

이 책을 읽으며 어떤 이는 삶에 지혜와 반성을, 어떤 이는 미래 꿈을 꿀 수 있을 것입니다. 처장님과 같이 생활하면서 나의 철도 인생의 마지막은 어떤 모습일까를 요즘 많이 생각합니다. 처장님은 계속 뭔가를 정리하고, 남기라고 했습니다. 남긴다? 분명 단순한 자료와 사진이 아닌 듯합니다. 사람, 추억, 역사, 인생에 중요한 것을 말씀하시는 것이겠지요. 한 사람의 남김, 뜻이 깃든 멋진 책을 기대하면서. 감사합니다.

| **김근배**

3년 전 부임 당시 ○○구 내 열차 궤도이탈 복구 시 전차선로 복구 작업 때 보여주었던 열정적인 모습은 진정한 전철맨이었습니다. 글을 읽어 보니 작업 현장과는 정반대의 따뜻한 내면의 모습을 봅니다.

철길 따라 배어있는 진한 정과 후배들에 대한 애정이 가슴 깊이 느껴집니다. 후배들에게 좋은 등대와 같은 지침서가 될 것으로 생각합니다.

| 손만영

글을 읽는 동안 지난 3년간의 처장님이 떠올랐습니다. 직원들과 티타임을 가지거나 회의 중에 늘 하시던 말씀이 여기 고스란히 담겨 있습니다. 내 인생에 한 번은 방향키가 되고 새로운 길을 돌아보게 하였던 말씀들. 이 책이 나올 때쯤 처장님은 부산에서 말뚝을 뽑고 가야 할 시기가 된 것 같아 아쉽습니다. 왠지 가슴 한구석이 시리네요. 저는 책 제목을 바꿔보고 싶습니다. "경부선 종착역 부산은 따뜻하다. 우리 처장님도 따뜻하다."

| 강신열

2005년 철도에 입문하여 어느덧 10여 년이 훌쩍 지나버렸습니다.

그동안 함께 근무한 처장님들 중 가장 역동적이며, 진취적이셨습니다. 또한 함께할 수 있어서 영광이었습니다. 원고를 읽어 보니 따뜻하고 사람 냄새 나는 이야기가 있으며, 부산사람들도 모르는 부산이야기를 알 수 있었습니다. 부산을 진정 사랑한 처장님, 저도 이제 부산을 자랑하며 살겠습니다.

| 양두진

3년이란 세월이 한 편의 드라마같이 스쳐 갑니다. 즐길 줄 아시고, 남을 배려하시고, 입장 바꿔서 생각해 주시고, 간혹 황당하리만치 일을 추진하시는 처장님, 그저 존경스럽습니다. 맨 마지막 부분에 나오는 '직장생활, 이렇게 하면 달인이 된다'를 읽으면서 3년 동안 줄곧 제대로 하지 못한 점이 아쉽습니다. 철도를 사랑하며 살아가는 후배들에게 현실적으로 실천할 수 있는 좋은 귀감이 될 것입니다.

| 김한웅

혁, 벌써 3년이라는 시간이 지났네요. 부산에 오셔서 가장 먼저 시작한 일이 아무도 시도하지 못한 스마트한 소통, 진심 모르는 직원들의 거부에 조금 위축되기도 했지만, 이제는 모두가 공감하는 소통의 장이 되었습니다. 업무를 하면서 직장에 먼저 들어온 선배의 경험으로 엮은 글들이 남은 후배들의 좋은 가르침이 될 것이라 확신합니다.

| 노종섭

"지금 옆에 있는 사람에게 잘해라."고 하신 처장님의 말씀을 실천하려고 애쓰고 있지만 잘 되지 않습니다. 간혹 농담 삼아 하시는 말씀이 후배들에게는 산 경험으로 좋은 말씀으로 다가왔습니다. 원고를 보면서 철도에서 평생을 살아오신 처장님의 철도 사랑과 사람과의 관계를 간접적으로 경험하게 되었습니다. 처장님처럼 뜨거운 열정을 가지고 싶다는 생각도 가지게 되었습니다. 파이팅입니다.

| 김종혁

철도를 위해 헌신하신 처장님 감사드립니다. 전기처에 발령받아 처장님과 근무한 지 벌써 2년이 지났네요. 이제 떠나실 때가 된다 하니 계실 때 더 잘했으면 좋았을 걸 하는 후회와 죄송한 마음이 듭니다. 처장님, 제가 딸랑딸랑을 너무 못해서 정말 죄송합니다. 35년 철도에서의 경험하면서 제게 주셨던 많은 조언을 가슴 깊이 새기며 하나씩 실천해 보겠습니다. 항상 건강하시고 좋은 일만 가득하시길 빌겠습니다.

| **명신우**

처장님 파이팅! 제가 부산에서 태어나 지금껏 살았지만 불과 6개월 만에 부산을 사랑하는 부산 사람이 되신 걸 보고 저 자신이 부끄러웠습니다. 원고를 읽으면서 직장생활, 사회생활 등 살아가며 배워야 할 노하우를 단박에 배울 수 있었습니다. 무심코 스쳐 지나갈 수 있는 일들을 관심을 가지고 생각하도록 하여 후배님들에게 꼭 읽어볼 수 있도록 권하겠습니다. 함께 일한 시간 행복했습니다. 딸랑딸랑. 처장님 대박 나세요!

| **진영호**

『부산은 따뜻하다』를 읽으면서 고향 부산의 다양한 지식을 알게 되었습니다. 부산에서 태어나 군 복무기간 26개월을 제외한 40년 이상을 생활하고 있지만, 너무 관심이 없었구나 하는 반성도 하였습니다. 아울러 '직장생활, 이렇게 하면 달인이 된다'는 내용을 읽으면서 많은 걸 공감하게 되었고 저의 직장생활에 소중한 밑거름이 될 것입니다.

| 성종대

『부산은 따뜻하다』 원고를 보니 태어나 지금까지 부산에 살던 저보다 부산을 더 잘 아시고 있는 것 같습니다. 더욱이 '안에서는 전체를 볼 수 없다'는 생각이 듭니다. 하나의 계系를 보기 위해서는 그 계의 안에서는 이해할 수 없고 밖에서 보면 전체 파악을 더 잘할 수 있다는 것이 정말인 것 같습니다. 그동안 철도뿐 아니라 직장생활을 하는 방법 또한 밖에서 보는 것처럼 전체를 보고 계시니 후배들에게 많은 도움이 될 것 같습니다. 책에 있는 처장님의 값진 경험은 직장생활뿐 아니라 살아가는 데 좋은 방향서가 되리라 생각합니다.

| 박승용

처장님 원고를 읽고 저의 지난 시간을 거꾸로 돌아보는 좋은 계기가 되었습니다. 부산의 역사와 직장생활의 마음가짐, 그리고 인생을 재미나게 사는 기본지침이 될 것 같습니다. 처장님과 추억 중 제일 기억에 남는 건 2014년 12월 처장님 관사에서 대게 파티를 했던 일입니다. 대게와 함께 된장국을 끓여 다 같이 맛있게 먹었고 마지막에 선물까지 챙겨주셨던 기억이 생생합니다. 파티를 마치고 영화를 보기 위해 극장에 함께 갔던 일이 저에게는 정말 행복하고 소중한 시간이었습니다. 생각이 다른 우리 처장님과 함께했던 시간을 소중히 간직하겠습니다.

| 류동철

부산은 따뜻하다

표지초안디자인 : 반소연

contents

세상살이 모두 딸랑딸랑이다

1% 차이가 100% 변화를 이끈다

회사는 어느 날 나를 버린다

이 순간이 내 생애 최고의 시간이다

Under Stand 거꾸로 행동하기

부산은 놀 데가 천지 빼가리다

부산에 처음 와서 첫눈에 확 들어온 것은 ‘부산은행’ ‘조방낙지조방은 조선방직의 준말’ ‘돼지국밥집’ 같은 간판들이었다. 다른 지역에선 볼 수 없는 풍경이 부산만의 독특함을 느끼게 해 주었다. 부산에서 이곳저곳을 다녀 보고 부산에 반하기 시작했다. 6개월이 지나자 ‘부산은 6×6 6개 테마, 6개씩’이라는 나름의 공식을 세우게 되었다.

첫째, 항구이다. 부산은 지형적으로 완벽한 항구인데 부산신항, 다대포항, 감천항, 남항, 북항 그리고 대변항이 있다.

둘째가 이들 항구 사이로 있는 해수욕장이다. 다대포, 송도, 광안리, 해운대, 송정, 일광 해수욕장이 있다.

셋째, 바다를 가로지르는 다리인데 광안대교, 부산항대교, 남항대교, 을숙도대교, 산호대교, 거가대교가 있다.

넷째, 부산은 이름처럼 산으로 둘러싸여 있다. 큰 산부터 금정산, 백양산, 장산, 엄광산수정산, 황령산, 구덕산이 있다.

다섯째는 이 산들을 뚫어 낸 터널이다. 위로부터 만덕터널, 백양터널, 수정터널, 구덕터널, 부산영주터널, 대티터널이 있다. 황령산, 대연, 수영, 장산터널 등도 있다.

여섯째, 부산의 대표음식으로 돼지국밥, 꼼장어구이, 부산어묵, 씨앗호떡, 동래파전, 밀면이 있다.

이후 6개월 동안 여기저기를 둘러보다 보니 또 다른 6×6을 찾을 수 있었다.

첫 번째가 잘 발달한 재래시장인데 국제시장, 부평깡통시장, 자갈치시장, 부산진시장, 부전시장, 구포시장이 있다.

두 번째로 공원은 용두산공원, 민주중앙공원, 암남공원, 금강공원, 부산시민공원, 어린이대공원이 있다.

세 번째, 지하철 전철노선은 부산지하철 1호선~4호선, 동해선, 김해경전철이 있다.

네 번째, 둘레길이 있는데 해운대 달맞이길, 이기대길, 태종대길, 감천마을길, 초량 이바구길, 영도 절영해안산책로가 있다.

다섯째, 축제는 부산국제영화제, 부산불꽃축제, 북극곰수영축제, 부산바다축제, 조선통신사부산축제, 삼락공원 유채꽃축제가 있다.

여섯째는 야경인데 황령산 봉수대, 금련산 해운대마린시티, 광안대교, 다대포낙조, 부산항대교, 만디버스 야경투어남부민동 천마산 누리바라기 전망대 야경 등의 야경이 아름답다.

그 외에도 삼광사 연등행사, 범어사, 장안사, 해동용궁사, 영도 흰여울 마을, 을숙도, 사직운동장야구장, 금정산성, 동래온천, 영화의 전당, 동백섬 누리마루, 해운대 유람선 및 용호 요트투어, 민락 수변공원, 우장춘 기념관, 영도다리 등이 가볼 만한 곳이다.

부산은 원래 솥뚜껑 부釜자를 써서 옛 이름이 증산甑山으로 불리기도 했다. 좌천동에 증산공원이 있다. 건너편 자성대공원은 부산진지성으로 임진왜란 때 정발 장군부산진첨절제사 종3품: 현재로 보면 해군사령관은 최초 왜군의 침입에 맞서다 하루 만에 점령당했다.부산역 국제오피스텔 앞 동상이 있고, 좌천역 옆에 정공단 사당이 있음 이튿날 동래부사지금으로 보면 부산시장 송상현이 다시 대적했으나 왜군의 수세에 밀려 전투 끝에 전사하게 된다. 부전역 앞 전포대로에 송상현 광장이 2012년에 생겨나고 그 광장 안에 동상이 세워져 있다. 동래 충렬사는 이때 전사한 송상현, 정발, 윤흥신 장군 등을 모시는 사당이다.

6.25전쟁이 일어나자 이승만 정부는 부산으로 임시수도를 옮겼는데 지금도 그 흔적을 곳곳에서 발견할 수 있다. 부민동 경상남도도청 건물을 임시 중앙청으로 정하였고현재 동아대 박물관 부산시 청사에도 일부

나누었다. 옆에 임시수도 기념관이 있다. 1926년 경남도지사 관사로 사용되었던 건물인데 6.25 전쟁 당시 대통령 관저로 사용됐다. 부산극장메가박스 부산극장은 국회로 사용하였다. 나중에 경남도청 체육관으로 이전 지금의 대청동에 있는 부산근대역사관으로 사용하는 건물은 일제 때는 동양척식회사, 그 후 미국문화원으로 사용되다가 1999년 정부에 반환된 것을 부산시가 이관받아 2003년에 역사관으로 개관했다.

1953년 부산역전 초량동 일대 화재사건 후 미군군수사령관인 워드컴 장군이 군수물자를 풀어 이재민을 도왔고, 전쟁 후 전쟁고아들을 돌보다 한국에서 사망했다. 장군으로서는 유일하게 유엔묘지에 안장되었다.

6.26 전쟁 시 파병돼 온 캐나다 허시 형제 이야기는 '태극기 휘날리며' 영화의 실 주인공이 되었고, 북한이 고향인 장기려 박사는 열악한 의료 환경에서 헌신하다 쓸쓸히 생을 마쳤다. 그는 한국의 슈바이처로 불리게 되었다. 좌천동에 있는 기독일신병원은 호주 매캔지 두 자매가 세운 산부인과로 봉사정신의 본보기가 되고 있다. 아버지 매캔지 목사는 1910년에 한국에 파견돼 나환자를 돌보는 데 헌신했으며 그 부인은 버려진 나환자 자식들을 돌봤다. 부산역 앞 차이나타운도 역사가 깊은 곳이며 지금도 중국 소학교와 중학교가 있다.

부산에 와서 얼마 안 되었을 때 우연히 검색해 보니 부산에도 유명한 빵집들이 꽤 있었다. 첫 번째가 중앙동에 있는 백구당이고, 두 번째가 B&C, 세 번째가 옵스였다. 그중 하나를 부산역 맞이방에 입점시켰으면 좋겠다고 영업처 담당자에게 제안했는데 2016년에 B&C가 입점

했다. 부산 음식 하면 또한 어묵이 생각난다. 부산역 맞이방에 입점해 있는 삼진어묵영도 봉래시장을 비롯해 부전시장의 고래사어묵, 부평깡통시장의 미도어묵, 대원어묵, 부산어묵, 초량시장의 영진어묵 등이 유명하다.

'부산에 놀 데가 천지 빼가리다!'라는 광고처럼 가 볼 곳이 많다. 위에 열거하지 않은 곳 중에도 부평야시장, 보수동 책방골목, 중앙동의 40계단거리, 최초 해수욕장인 송도와 오륙도 스카이워크, 을숙도 갈대숲, 초읍 저수지성지곡지, 온천천 걷기 등 유명한 관광지가 많이 있다.

또 젊은이들이 많이 모이는 곳이 상권이 가장 발달한 곳인데, 우리나라 20대 상권 상위 5곳이 여기 부산이다. 대연동 경성대·부경대역 근처, 서면 1번가, 동래역 부근, 덕천로타리, 연산동오거리, 부산대 장전동 부근 등은 언제나 대학생과 젊은 직장인들로 북적인다.

부산은 근대유물 등이 많아 박물관, 미술관도 많다. 대연동의 부산박물관, 영도에 있는 국립해양박물관, 근대사를 보는 동아대 박물관, 부산시립민속박물관, 해운대 우동에 있는 시립미술관, 기장 해동용궁사 인근에 있는 수산과학관 등이 가 볼 만하다.

우리나라 시티투어는 대부분 운영이 어려울 정도로 승객이 미미한 편인데 부산역 남쪽에서 출발하는 부산시티투어는 활발하게 운행 중이다. 시티투어는 태종대, 자갈치시장, 송도를 도는 코스와 광안대교, 해운대, 해동용궁사 등을 도는 코스, 서쪽 낙동강 을숙도 에코센터, 아미산전망대, 암남공원으로 도는 코스, 범어사, 금강공원, 서면을 도는 코스가 있다. 최근엔 산복도로를 다니는 만디버스와 이바구버스투어

스토리텔링 타임머신여행도 인기를 끌고 있다.

부산에 와서 들은 이야기인데 동래구였던 반여동, 반송동, 재송동이 79년도에 해운대구로 편입되었을 때 반대여론이 크게 형성되었다고 한다. 그만큼 동래구가 부산의 대표 구였고 주민들의 자부심 또한 컸다고 한다. 지금은 반여, 반송, 재송동이 해운대구로 편입되었기에 아파트 값도 더 비싸졌고 해운대에 산다고 어깨에 힘 깨나 준다. 지금은 해운대구가 부산의 강남이라는 인식이 보편적이다. 대신동에 살고 있는 손 팀장은 예전에는 대신동이 제일 부자동네였다고 한다. 국제시장, 자갈치시장이 가까워 배후지역으로 그랬단다. 지금도 대신동은 살기 좋은 곳이다. 이 정도면 나도 반쯤 부산사람인 듯하다. 부산은 정말 볼거리, 먹거리가 천지빼가리다.

안전

제1열차

세상살이 모두 딸랑딸랑이다

V-train : 백두대간협곡열차

영동선 태백산맥, 백두대간, 낙동강 상류 협곡을 시속 30km/h로 천천히 달리는 관광열차일명 아기백호이다. 분천~양원~승부~철암 간 3회 왕복

*열차 내 선풍기, 나무의자, 난로가 설치되어 있고 이 열차를 타려면 청량리역에서 출발하는 O-train을 타고 분천까지 가야 한다.

1. 부산 산복도로에서 바라본 부산역
2. 김경훈(임피제) 선배 환송회
3. 또 한 해가 지나간다(2016년 송년회)
4. 김경훈, 황갑주 선배 임피제 송별회

행복

2017. 1. 26

연말정산을 하고 보니 우리 집 식구는 다섯 명인데 네 살림을 꾸리고 있다. 어머니는 시골 울진에, 나는 부산에, 아들은 대전에, 딸은 수원에, 그리고 아내는 대전과 부산을 오가며 산다.

떨어져 살아도 불편함이 없다. 어머니는 오시기 힘들지만 대전에 가끔 오신다. 딸애가 작년 가을부터 떨어져 살면서 걱정을 했다. 혼자도 잘 살아갈까? 성인이 되면 독립해야 한다는 것이 실감나게 딸애는 혼자 잘 살아가고 있다. 떨어져 살다 보니 우리 가족이 참 행복한 가족임을 알겠다고 한다.

날씨가 추운 오늘 아침, 일어나자마자 채비 잘해 출근하라고 가족 카톡방에 메시지를 쓴다. 곧이어 아롱이가 재롱떠는 사진 한 장이 올라온다. 비록 각자 떨어져 생활하지만 가족은 그렇게 소소한 것들로 연결되어 살아가는 것 같다.

시간

2017. 1. 24

올해는 내게 꽤 의미 있는 해다. 철도공무원으로 직장생활을 한 지 35년, 결혼 30주년이 되는 해다11월 22일. 직장에서도 오래 근무했다는 것이고, 세상도 조금 살았다는 것이다.

지난번 대전에 갔더니 아내가 내게 네모난 상자 하나를 내밀었다. 열어보니 꽤 비싼 시계였다. 아내는 "평소 당신이 시계를 차진 않지만, 지금껏 열심히 살아온 데에 감사의 마음을 표현하고 싶어 애들과 조금씩 부담했고, 의미가 담긴 선물을 항상 몸에 지니게 하고 싶었다."고 했다.

살아오면서 내가 갖는 물건에 욕심낸 적이 없었다. 그러다 보니 늘 싼 제품만 사곤 했다. 싼 게 비지떡이라고 대부분의 물건을 오래 소유하지 못한 것도 사실이다. 단순히 가격이 비싸다는 생각보다는, 어쩌면 내가 가질 수 있는 최고가의 물건이라는 생각이 들었다. 난 이 시계가 남은 시간을 더 알뜰히 살라는 의미라 생각했다. 많은 시간을 정차했던 철도 생활의 마무리를 위하여.

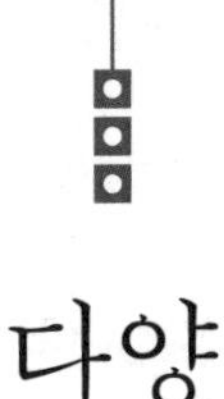

다양

2017. 1. 16

우리 집 강아지 '아롱이'는 함께 산 지 13년이나 되었다. 누가 "너거 식구 몇 명이냐?" 하고 물으면 다섯 명이라고 할 정도다. 어제 오랜만에 대전에 갔더니 아롱이가 날 반긴다. 저녁 식사를 하고 TV를 보고 있는데 아롱이가 '멍멍' 하고 짖었다. 13년이 지났는데도 그 소리의 의도를 모른다.

"뭐 때문에 짖는 거지?" 하고 아내에게 물었더니 "응, 간식 달라는 걸 거야." 하며 선반 위의 간식을 갖다 줘 보라고 했다. 아내의 짐작은 정확했다. 내가 간식거리를 찾아 손에 쥐니 꼬리를 살랑살랑 흔든다. 빨리 달라는 것이다. 아내는 어떻게 강아지가 짖는 소리를 듣고 그 의미를 정확히 알아낼까? 남자에 비해 여자의 직감력과 감정 인식 능력은 확실히 차이가 난다는 것을 새삼 깨달았다. 너무 늦게 깨우치는 게 남자들이다. 서로가 공감하는 주제에 대한 감정도 이렇게 다른데, 한국은 5천만 국민이니 한국의 감정은 5천만 가지일 것이다. 오늘도 인터넷엔 주자들의 비판이 쏟아진다. 똑같은 비판은 거의 없다.

늘어남

2017. 1. 12

머리카락이 자꾸 빠져서 2011년에 3천 모 정도 이식시술을 했다.

5년 정도 지났더니 심지 않은 정수리 부분이 또 빠졌다. 어제 아내가 발모제를 사 왔다. 빠질 때도 되었으니 보완을 해서 더 젊게 보여야 한다고 했다.

빠지는 것이 또 있다. KTX 수입이 전년대비 10% 이상 빠졌다. 매년 5~7% 늘어나는 추세를 감안하면 15% 이상 빠진 것이다. 뉴스엔 늘어나는 것도 있다고 한다. 전년도 세수는 24조 원이나 더 거둬들였다고 하는데 그 이유가 국세청에서 가동하는 전산시스템 때문이란다.

사업자들의 각종 데이터를 분석하여 세금을 미리 계산하여 통보한 결과라 했다. 우리 철도도 수입을 늘릴 수 있는 방법을 모색하고 있다. 어제부터 운행을 시작한 사당~광명역 셔틀버스가 그런 것이다.

연말엔 코레일 수입이 늘어났다는 소식이 전해졌으면 좋겠고, 내 머리카락도 새로 나서 덥수룩해졌으면 좋겠다.

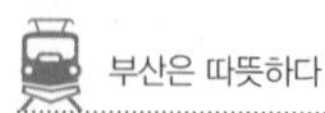

공식

2017. 1. 9

초등학교 다닐 때 처음 외운 구구단을 지금껏 잘 써먹고 있다. 중학교부터는 더 어렵고 많은 공식을 공부했다. 지금껏 살면서 업무를 처리하는 데에도 이러한 공식들을 적용하니 일처리 속도가 꽤 빨라졌다. 숫자로 하는 더하기, 빼기, 곱하기, 나누기가 기본인 사칙연산이 대부분이다.

책 머리말을 하루 종일 썼다. 모두 부산에 관한 이야기로 메워졌다. 부산생활 초기 6개월 만에 부산은 주요 6개 테마가 6개 정도로 존재한다고 느꼈다. 6개월을 더 지내고 보니 항구가 6개, 해수욕장이 6개, 바다교량이 6개, 높은 산이 6개, 터널이 6개, 음식이 6개. 그리고 다시 재래시장, 공원, 지하철·전철노선, 둘레길, 축제, 야경. 모두 6개씩이다.

억지로 꿰어 맞춘 느낌도 있지만, 일명 '6X6, 6X6' 공식이라 명명한 공식을 만들어 놓으니 이해하기도 외우기도 참 쉬웠다. 내 머리도 아직까지는 쓸 만한 것 같다. 공식을 만들 때는 어렵지만 만들고 난 이후는 세상살이를 편하게 한다. 그것이 일이든 사람과의 관계이든.

갑질

2017. 1. 7

“아침 식사 안 하고 뭐 해요?” 아내가 식사 준비를 하는 동안 잠깐 책을 본다는 게 재미가 있어 시간 가는 줄도 몰랐다. 조달청장이 쓴 책으로 갑질에 관한 내용이다.

갑질이라 하면 모회사와 도급회사나 상하관계만 있는 줄 아는데, 저자는 공직 안, 부서 간에도 갑질이 있다고 썼다. 기획, 예산, 인사, 감사부서 등이 갑질 부서라 할 수 있다. ‘그 자리 있을 때 잘해야지 안 그러면 나중에 부서를 옮기거나 퇴직한 후 아무도 찾지 않아 외톨이가 될 수 있다.’라는 내용이다.

아내에게 물 한 컵을 달라고 했더니 “이것도 나한테 하는 갑질인 것 알지?” 한다. “에고, 신랑 힘 떨어지면 당신도 이전에 갑질 많이 했다고 구박 주겠구먼.”, “알기는 하네, 그러니깐 사무실에서도 직원 분들께 잘해.”, “안 그래도 내가 늘 말하고 있네, 계급이 자동으로 갑질하게 한다고. ‘장’ 자 붙은 사람들은 모두 갑질하는 사람들이라고.”

사무실에 출근하여 신문을 펴니, E모 기업에서 알바생들에게 초과 수당을 주지 않아 악의적 갑질을 했다는 내용이 신문 한 면을 완전히 도배했다. 그룹 차원의 사과 광고도 함께 실려 있었다. 흘려 읽을 수 있는 내용이겠지만, 퇴직이 얼마 남지 않은 내게는 결코 가벼운 내용이 아니었다. '갑질했던 놈'이란 소리 안 듣게 남은 기간을 어떻게 해야 할지 고민해 봐야겠다.

조사

2017. 1. 4

"이렇게 일찍 끝났어요? 마산소장은 3시간이나 조사 받고 나왔다던데.", "응, 난 마산소장보다 죄가 약한가 봐. 하하." 지난 파업 때 파업 참여 직원 집에 선물을 사 가지고 갔었다. 노조는 이것이 부당노동행위에 해당된다고 고소를 하였고, 피의자 신분으로 부산지방고용노동청에서 조사를 받고 왔다.

지금까지 열 번 정도 조사를 받은 경험이 있다. 장애 사고로 안전부서에 두 번, 공사 감독 건으로 감사실 두 번, 노조 건으로 노동청에 두 번, 검·경 등 사정기관 네댓 번. 좋지 않은 경험이지만, 이렇게 많은 조사를 받다 보니 조사가 크게 두렵지 않았다. 그래서 '감사 받을 때 참고사항'이란 매뉴얼을 만들었다.

묻는 말에만 짧게 답변해라. 아주 늦게 끝난다고 생각해라. 불리한 질문엔 침묵해라. 조언이 필요할 땐 경험자에게 사전에 충분히 물어봐라. 조사 도중에도 시간을 얻어 조언을 구할 수 있다. 참고자료를 준비하고 제출해라. 최종 도장을 찍기 전에 다시 한 번 보고 수정을 요구

해라. 경험보다 좋은 교과서는 없다. 그래서 많은 회사는 경력자를 우대하기도 한다. "처장님은 원칙대로 대응한 것 같네요."라는 감독관의 마지막 말에 조금이나마 위안을 받았다. 이 사건은 2017. 5. 최종적으로 무 협의를 처분 받았다.

거울

2017. 1. 3

남자보다 여자가 거울을 많이 본다고 한다. 그래서 언젠가 우리 딸에게 거울을 선물한 적이 있다. 거울을 자주 보면서 자신의 얼굴뿐만 아니라 내면도 예쁘게 관리하라는 바람으로 주었었다. 그런 아빠의 마음을 읽었는지는 모르겠다.

사무실 책상 앞에도 거울 하나가 있다. 내 인상이 웃는 얼굴보다는 화난 인상이라는 말에 고쳐 보려고 구입했었다. 그런데 실상은 그렇게 사용되지 못하고 있다. 머리카락이 제대로 넘겨졌는지. 얼굴에 뭐 묻은 게 없는지. 그런 용도로 가끔 봐 왔을 뿐이다.

지난해 연말 조달청장정양호인 저자가 '공무원들이 왜 국민들에게 신뢰받지 못하고 욕먹는 자리인가?'에 대해서 쓴, 『때로는 길이 아닌 길을 가라』란 책을 구입하였다. 오늘 아침에서야 그 책의 첫머리 몇 장을 펼쳐 보았다. 이 책이 내 맘에 쏙 들었다.

'때로는 내 안에 있는 볼록거울에, 때로는 기관장의 오목거울에, 때로는 국민의 평면거울에 비춰 보면 결론을 얻을 수 있다고 한다. 저자는 우리를 비춰 볼 수 있는 다양한 거울을 이 책을 통해 제공하고 싶다.'라고 머리글에 썼다. 나도 올해엔 내 책상 앞에 있는 거울을 이런 용도로 사용해야겠다.

직업

2016. 12. 31

"이제 누출되는 냉각수를 막을 수 있는 사람은 발전소 내부를 잘 아는 우리들뿐입니다. 우리가 들어갑시다." 영화 판도라의 후반부 장면이다. 지진으로 폭발한 원전에서 나오는 방사능을 막기 위해 결사대 25명이 투입되는 장면이다. 이들은 방사능에 노출된 발전소 하청직원들로, 가족과 나라를 위해 죽음을 인지하면서도 파괴된 그곳으로 진통제를 먹고 들어간다.

29일은 우리 부서 송년회였고 저녁 식사를 하고 2차로 영화 판도라를 보러 갈 참이었다. 식사가 끝나갈 즈음 부산신항역에서 기관차가 궤도를 이탈하는 사고가 발생했다고 전화가 왔다. 우선 담당 마산소장, 팀장을 보내고 식사를 마무리하였다. 광복동 거리를 걸어가는데 연말연시 트리가 멋지게 점등돼 있었다. 거리에 사람들은 들떠 있었고, 사고와 관계없는 직원 일부는 영화관에 들어갔고 난 택시를 타고 현장으로 달려갈 수밖에 없었다.

전차대에 절반 이상 걸쳐 있는 기관차를 끌어내기 위해 전차선을 치워 주고 기중기로 들어 올리고 난 후, 다시 전차선을 원상복구 하는 일을 끝내고 나니, 새벽 3시 반. 집으로 돌아와 눈을 잠시 붙였는데 새벽 5시 반부터 또 삐리릭거리는 폰을 열어 보니 아차, 동해선 부전~일광 간 전동차 운행 첫날이었다. 일부에서 작은 장애가 있었으나, 무사히 운행 개시를 하였다.

저녁때 아내와 어제 못 본 영화 '판도라'를 봤다. 쏟아지는 졸음으로 눈을 절반 이상 감은 채 본 영화는 우리 철도인의 현실과 같았다. 밥을 먹다가도, 운동을 하다가도, 잠을 자다가도 비상이 걸리면 모두 팽개치고 현장으로 달려가는 직업의식은 판도라의 마지막 복구결사대와 다를 바 없었다.

버림

2016. 12. 28

오후에 사진 몇 장이 휴대폰에 떴다. 아들이 올린 사진인데 길거리에 다니는 유기견 푸들이었다. 일을 하다 도로변에서 발견한 것이다. 우리 집 강아지와 같은 종인데 조금 어려 보였다. 길을 잃었는지 주인이 버렸는지 알 수 없으나 강아진 불안해하지도 않고 명랑하다고 했다. 강아지는 시청 유기견 보호센터로 넘겨졌다. 아내와 딸은 주인을 빨리 찾길 바란다고 하였다.

날씨가 따뜻한 부산은 요즘 비가 오락가락해서인지 노숙자들이 꽤 많이 보인다. 역사 밖 모서리나 추녀 밑, 심지어 계단이나 사람이 다니지 않은 구석에도 있다. 3년을 있다 보니 낯익은 노숙인도 있다. 맞이방에서 고정석을 차지한 사람도 있다. 가족도 찾지 않는 노숙인은 역사 관리에 최대 애로사항이다.

노숙인이나 유기견은 모두 집을 나온 경우다. 쫓겨나왔든 뛰쳐나왔든 자신이 살고 있는 집이란 울타리를 벗어났는데 누구도 관심을 갖지 않는 것이 안타깝다. 강아지는 그래도 유기견 보호소가 있는데 노숙인은 갈 곳도 관리하는 곳도 극소수다. 국가가 다 보듬지 못하는 것도 문제고, 스스로 보통 시민이 되려는 의지를 접은 사람도 문제다. 자고로 인간이나 반려견은 자신이 사는 집으로 가야 한다. 가끔은 지지고 볶고 살더라도 집으로 돌아갈 수 있는 사람은 행복하다.

종착

2016. 12. 27

부산 하면 생각나는 것은? 하고 검색하니 ①해운대 바다, ②부산갈매기, ③자갈치시장, ④영화, ⑤밀면 순서로 나오고 그 외에도 씨앗호떡, 국제시장, 돼지국밥, 광안대교, 불꽃축제, 영도다리, 동래온천, 따뜻하다, 태종대, 야구, 서면, 감천문화마을, 이기대, 용두산 공원 등이 나왔다.

철도에 35년간 근무했는데 부산에서 3년을 보내니 거의 10할을 여기서 보낸 셈이다. 이제 철도를 떠날 날이 1년 6개월 남았다. 서울에서 출발한 열차가 부산역에 도착할 때가 돼 간다.

대부분 사람들이 직장을 떠나갈 때 흔적도 없이 나가는 것을 보면서 아쉬움이 컸었다. 난 뭐라도 후배들에게 남기고 싶어 이제껏 썼던 글들을 모아 책을 내 볼까 했다.

그 책의 제목을 무엇으로 할까? 생각하다 '부산은 따뜻하다'로 결정하였다. 어젯밤부터 계속 생각해 보니 부산은 경부선 종착역이란 생각이 떠올랐다. 내 철도생활의 종착역도 다 와 가는데…. 종착역이면서도 다시 서울로 되돌아가는 시발역이기도 하다. 인생 2막의 시발역을 위해 발차 신호를 내 보자. 페이스북 친구들의 추천을 받아 제목을 '경부선 종착역'에서 '경부선 종착역 부산은 따뜻하다'로 정하였다.

요구

2016. 12. 26

우리 직원이 "오늘 회식 어디에서 할까요?" 하고 물으면 내가 꼭 하는 대답이 있다. "뭐 꼭 내 입에만 맞추지 말고 다른 사람들 좋아하는 걸로 해." 그렇게 말해 놓고는 "○○식당은 어때?" 한다. 혹시나 내가 좋아하지 않을까 염려하여 묻는 것이다.

점심식사 후 사무실에 앉았는데 아는 분이 차 한 잔을 하자고 했다. 이런저런 이야길 하다 크리스마스 선물을 뭘 받았는지 물었다. 자신은 가족 단체 카톡에 갖고 싶은 골프가방을 올려놓고 '이거 나에게 선물할 사람' 하고 물었더니 작은 딸이 '저요' 하고 손들었다며 자랑을 했다. 아하! 이런 좋은 방법이 있었는데 난 그걸 몰랐다.

집에 오자마자 나도 시도해 보기로 하고 우선 겨울 티 하나를 선택하여 올렸다. "이거 나에게 선물로 사 줄 사람 없나요? 색상 골라."

5분 만에 아들이 사 주겠다고 했다. 와우, 정말 쉽고 좋은 방법이다. 가족 간에 사랑도 싹트고…. 직장에서도 자신이 바라는 사항이 있다면 윗사람이나 아랫사람에게 슬쩍 말해 보는 것도 시도해 볼 만하다.

만디

2016. 12. 24

부산역 광장 남쪽에 시티투어 버스 정류장이 있다. 거기에는 시티투어버스보다 조금 작은 버스가 있는데 이름이 '만디버스'다. 궁금해서 지난번 주말근무를 하다 조금 일찍 나와 그 버스를 탔다. 오후 5시

에 부산역을 출발했는데 승객이 딱 나 혼자였다. 버스는 영도다리를 건너 흰여울마을을 지나 송도해수욕장으로 달렸다. 그때서야 몇 명의 승객이 탔다.

“여러분 ‘만디’가 뭔지 아세요?”, “모르는데요?”, “정말 모른다고요?”, “만디는 꼭대기란 말이여요, 산만디산꼭대기. 이 버스는 산꼭대기를 달려요. 부산엔 ‘디’자를 많이 붙여요, 사랑하는 사람이 만나면 ‘주디주둥이’부터 맞추죠? 여자 엉덩이가 남자보다 커 ‘방디’라 하고 조심하라고 하는 말도 ‘단디’라 카지요?” 여행의 즐거움을 주려고 기사님이 재밌게 멘트를 날렸다.

만디버스를 타고 감천문화마을을 지나 아미동, 남부민동 천마산 ‘누리바라기 전망대’를 거치고 300도를 돌아 내려오는 골목길이 아찔했다. 부산야경은 황령산이 최고인 줄 알았는데, 여기서 자갈치시장, 서대신동, 남항을 바라보니 파노라마가 펼쳐진다.

부산의 만디버스는 산꼭대기를 달리는 산복도로가 있어 가능하다. 만디꼭대기는 위에서 내려다볼 수 있는 곳이고, 부산 관광의 백미다.

부산

2016. 12. 23

내 친구는 노래방에 가면 고봉산의 '아메리카 마도로스'를 꼭 부른다. 고향 떠나 부산에 쭉 산 친구가 부산을 그렇게 사랑한다는 것을 느낄 수 있었다. 그 노래를 들으면서 부산항 제2부두에 대해 알아 봤다.

일제가 우리나라 내륙을 수탈할 목적으로 부산항과 부산역을 연결한 제2부두는 1919년에 건설되었다. 6.25사변 이후 미군부대가 군수물자를 이 항구를 통해 들여왔고, 60년대 초반부터 미국의 원조 물자가 반입되었던 곳이다. 그때 나온 노래로 원항선을 탔던 마도로스의 애환을 그린 노래다.

지금은 매립된 상태인데 내 사무실에서 커튼만 열고 내려다보면 바로 앞이다. 이 부산에 온 지 다음 달이면 3년인데, 이번에 자리를 옮기지 않아 말뚝을 박게 되었다. 진짜 부산 사람이 되려나 보다. 부산은 따뜻하고 역동적이고 고전과 현대가 어우러져 있다. 무엇보다 화끈한 부산사람들이 제일 좋다. 내 친구 주인공은 중학동창 김정환이다

생각

2016. 12. 21

부산역 맞이방에는 최근 신규 매장이 두 개나 들어섰다. 역무실 쪽에 공간을 막아 화장품 매장을 만들었는데 위치가 좋아 손님이 꽤 있다. 바로 옆의 매장은 중소기업제품 매점인 아임쇼핑이 입점하였다. 이전에 나오는 곳의 통로로 사용됐던 곳에는 신규 매장을 만들어 분식집으로 운영되고 있다. 이전엔 없었는데 새로운 매장이 생긴 것이다.

지난 9일자로 SRT가 추가로 개통되면서 부산역은 하루 130여 회 운행하던 KTX가 일부 줄어들기는 했지만 SRT가 80회나 늘어나 주말 피크 때는 197회나 운행된다. 그렇게 많은 열차를 도저히 감당할 수 없을 줄 알았는데 선로상의 운행조건을 일부 변경하여 무난히 해결되었다.

같은 매장이라도 부산역 맞이방 커피숍의 경우, 칸막이를 없앴더니 오히려 매장이 넓게 보이고 시원하다. 없던 매장을 새로 만들어내고, 선로한계를 잘 처리하여 운행 횟수를 늘릴 수 있는 것도 모두 생각의 폭을 넓혔기 때문이다. 인간의 생각에 따라 엄청난 결과를 낳는다. 고정된 사고의 폭을 넓히기 위해 창의적인 고민을 다양하게 할 필요가 있다.

피해

2016. 12. 20

아내가 베트남여행을 떠났다. 혼자 가니 섭섭하다며 친구 부인과 동행했는데 3일이 지나도 아무 소식이 없어 '사진 한 장이라도 보내 줬으면 좋으련만' 하고 카톡을 보냈다. 돌아온 답이 '감기가 심해 열이 나고 아프다'고 했다. 그리고 병원에 가야 한다며 돈까지 보내라 했다. 걱정이 돼도 따라갈 수도 없고, 미칠 노릇이었다. 아픈 아내도 걱정이지만, 아내로 인해 여행을 즐기지 못할 친구 부인에게도 미안했다. 직장 생활에도 그런 사람이 종종 있다. 물건의 경우, 손해를 면하려 1+1 행사라도 한다지만, 이 경우는 자폭뿐 아니라 상대방까지 피해를 입힌다. 지난달 아는 분이 대봉 감 한 박스를 선물해 주었다. 우리 집 고장 난 김치냉장고에 넣어 두었는데, 어제 열어보니 몇 개에 곰팡이가 피어있고 옆에 있는 멀쩡한 감까지 상하게 할 것 같았다. 터지거나 상한 물건은 꼭 옆의 멀쩡한 제품까지 피해를 입힌다. 그래서 피해를 입히기 전에 솎아 내야 한다. 남에게 피해를 주지 않는 것이 곧 내 몫을 제대로 하는 것이다.

표현

2016. 12. 16

관동대학에 다닐 때 함께 다녔던 최현숙 씨가 작년 봄에 수필집을 내어 내게 보내 왔다. 책 제목이 『모두가 꽃이다』였다. 어렵고 힘든 어린 시절을 겪었고, 결혼 생활 중 남편이 해직을 당하여 어려웠던 것을 알고 있는데 '세상 모든 것이 꽃'이라니, 그 사고의 폭이 넓고 아름답다.

홍보실에 근무할 때 경찰청장을 지냈던 허준영 사장께서 부임하여 왔다. 어떤 사람인지 궁금하여 그가 쓴 『폴리스스토리』란 책을 읽었다. 그 책에 이런 대목이 나온다. "아내 생일날 꽃을 사다줄 때 나이보다 한 송이 적게 전달한다. '나머지 한 송이는 당신이다.' 아내가 아름다운 꽃과 같다는 말이다." 아내에겐 최고의 말일 것이다.

요즘 읽고 있는 책은 97세의 김형석 교수가 쓴 『백년을 살아보니』이다. 책 내용에 이런 게 있다. 직장에서 상사의 댁으로 전화할 때 사모님이 받으면 '사장님 따님이신가요?'라고 물으란 것이다. 반대로 '사장님 할머니이신가요?'라고 물었을 때 전화 받는 상대방이 받을 감정을 생각해 보라는 말이다. 말과 표현은 상대를 기분 좋게도, 그렇지 않게도 한다.

경쟁

2016. 12. 9

공교롭게도 오늘은 철도 노조가 74일간의 파업을 마치고 복귀하는 날이기도 하지만 SRT가 개통하는 날이다. 10% 싼 가격에 10분 더 빠르다는 광고사실은 코레일도 최대 30%까지 할인해 주고 있다로 승객을 유치하고 있다. 그뿐만이 아니다. 새 차에 신규로 뽑은 산뜻한 승무원에….

우린 헌 차, 헌 사람, 헌 시스템, 파업으로 인한 이미지 손실까지 그 어떤 것으로도 비교우위에서 지고 시작한다. 이 사실 하나만으로도 게임은 끝난 것이나 마찬가지다.

작은 조직에 선로관리, 차량검수, 승차권 발매, 역무업무 등을 우리가 하고 있으면서도, SRT민원이나 열차지연의 책임 대부분은 코레일 몫이다. 경쟁을 통한 서비스 향상이란 말은 감언이설에 불과하다. 노후 되고 비용도 많이 들고 민원도 많은 무궁화, 새마을, 화물열차는 전부 코레일이 운행한다. 적자 열차와 노선은 우리 몫이고 SR은 한마디로 땅 짚고 헤엄치는 꽃놀이를 하고 있다.

출발부터 공정한 게임이 아니지만, 경쟁은 피할 수 없는 현실이다.

새로 나온 회사, 가게, 집은 언제나 기존보다 업그레이드하여 시작한다. 사리사욕보다는 현실을 직시하여 117년을 이끌어 온 저력으로 환골탈태하여 거듭나야 할 때이다.

변화

2016. 12. 9

아내를 따라 부산에 온 우리 집 강아지아롱는 요즘 밥 투정질이다. 언젠가부터 강아지용 사료를 먹지 않기 시작해 궁여지책으로 고기를 함께 섞어주고 있다. 고기 맛을 알고부터는 고기를 섞어주지 않으면 사료를 전혀 먹지 않는다. '개 팔자가 상팔자'라더니 우리 집 아롱이가 그 짝이다.

평상시 사료를 먹지 않는 아롱이를 위해 아내가 고안해 낸 것은, 구멍 난 둥근 통에 사료를 넣어 사료를 먹도록 하는 방법이다. 아롱이가 통공굴리기를 재미있어 하기도 하겠지만, 그때 새어 나오는 사료를 잽싸게 낚아채어 먹는 모습은 보는 사람도 함께 재미있다.

똑같은 사료도 방법을 달리하니 맛나게 먹는 것을 볼 때 느끼는 것이 많다. 예전에 빵집에 가면 단팥빵이나 크림빵, 식빵 등이 주였는데 요즘은 고로케, 샐러드, 브런치, 커피 등 다양하다. 아마도 단팥빵, 크림빵이 개 사료라면 요즘 다양한 빵들은 공 안에 든 사료가 아닐까 싶다. 어묵가게도 마찬가지다. 새로 개발된 빵과 어묵이 손님을 끌어당긴다. 변화가 사료를 먹게 하는 것처럼.

아롱이

세상살이 모두 딸랑딸랑이다

강의 2016. 7. 9

오늘 제가 강의할 내용은 철도생활 34년을 해 본 결과, 직장생활의 관계 유지를 위해서는 '딸랑딸랑'이 필요하다는 이야기입니다. 1980년대 KBS 유머1번지에 나온 "회장님, 회장님 우리 회장님"이라는 코너가 있었습니다. 부하인 김학래가 회장인 김형곤을 향해 "회장님, 회장님 우리 회장님, 저는 회장님의 영원한 종입니다. 딸랑 딸랑 딸랑." 그러면서 양손을 머리 위로 올려 반짝반짝 흔들어 댔었지요. 그 이야기를 하려고 합니다.

우선 제가 만든 '인간관계도'를 한 번 살펴보겠습니다. 상하관계에 있어 직장의 경우 상사와 부하, 가정의 경우 위로는 아버지, 아래로는 자녀라 할 수 있습니다.

수평관계에 있어서 직장의 경우 동료, 개인적으로는 친구와 배우자, 친인척, 애인이 수평관계에 놓여 있습니다. 고객의 경우는 수준에 따라 상하, 수평관계 모두에 포함이 돼 있습니다. 배우자의 경우도 수평관계에 놓여 있기는 하지만, 시댁과 친정관계에 있어서는 상하 관계에 놓여 있다고 볼 수 있습니다. 이런 '다양한 관계도 속에서 어떻게 사는 것이 바람직하느냐' 하는 문제를 가지고 사례 위주로 오늘 강의를 해 보려고 합니다. 제 개인적으로는 흥미 있는 주제였습니다.

강의에 앞서 사진 몇 장을 보여드리겠습니다.

이 사진은 올 봄 진해 군항제를 보여 드리기 위해 어머니를 모시고 오다가 봉화의 어느 커피 집에서 찍은 사진입니다. 차가 나오자 어머니께서 "야, 이거 한 사발에 얼마고?" "네, 사천 원입니다." "허허, 이게 밥 한 그릇 값이나 되네. 물만 한가득 주고 그렇게 비싸게 받나?"며 말씀하셔서 한참을 웃었던 기억이 납니다.

이 사진은 작년 여름, 가족 휴가 기간 중 진주에서 레일바이크를 타면서 찍은 사진입니다.

이 사진은 5월 체육행사 대신 노래자랑을 할 때 찍은 사진인데 대단했습니다. '처'를 대표하는 노래와 불량 학생의 교복 연출, 동물 가면, 단결심을 나타내기 위해 입은 붉은색의 단체 티셔츠, 직원들의 열정적인 참여와 응원은 최고의 '딸랑딸랑'이었습니다. 상하관계의 '딸랑딸랑'이 아닌, 수평적인 관계에서의 '딸랑딸랑'이 어떤 효과를 낼 수 있는지를 확실히 느낄 수 있었습니다. 그때를 생각하니 지금도 심장 박동이 빨라지는 것 같습니다. 본부 소속원들을 웃게 만들고, 스트레스도 맘껏 풀면서 완전 빠져 놀다 보니 1등도 하고 30만 원의 상금도 부수적으로 따라왔었죠. 투자 대비 소득이 꽤 쏠쏠했습니다. 그럼, 사례를 보면서 여러 형태의 관계를 알아 봅시다.

● 수평친구관계의 사례

우리 어머니 이야기입니다. 어저께 내게 전화가 왔어요. "얘야, 이번 추석에 집에 오나?", "네, 갈 것 같네요." 했더니 "그럼 됐다. 내 고추를 빻아 놓았는데." 하시는 겁니다. 여기 부산지구에 우리 초등학교 동창이 대여섯 명 있는데 내가 초등학교 동창회 회장을 십여 년 하고 있어요. 내가 잘해서가 아니고 할 사람이 없다며 자꾸 임기를 연장하다 보니 그렇게 되었는데, 그동안 총무가 3명이나 바뀌었어요. 그 마지막에 맡아 하는 친구가 울산에 사는 영희인데 어머니랑 통화하고 며칠 지났을 때 그 친구한테서 카톡이 왔어요. "친구야, 우째 이런 일이 있노? 너거 어매가 나한테 고춧가루를 보냈다. 죽삐 울 언니 편으로 보냈는데 언니에게도 열 근 보냈더란다. 왜 보낸지 함 알아봐라.", "무슨 일이냐? 나도 모르겠다.", "니가 보내주라 했제?", "아니다, 전혀 모르는 일이야. 실지 모르는데 이상하네, 내 함 전화해서 물어볼게", "그래 함 물어봐라. 내가 미안해서 몸 둘 바를 모르겠다."

우리 어머니가 올해 여든넷입니다. 기력도 많이 떨어졌고, 눈도 잘 안 보이신다고 하고 그래요. 지난번 추석에 올라가 고추를 좀 따주고 왔는데 올핸 고추가 잘된 것 같습니다. 그 고추를 따서 아들딸 친척들에게 보내는 것이 낙이시니 몇 년은 더 하실 듯합니다.

그날 저녁, 전화를 드려서 "어매 뭐 영희한테 고춧가루를 보냈다고 하데? 그런데 영희한테 왜 고춧가루를 보냈소?", "응 보냈네." "가가 저거 어매 살았을 때 나랑 그 어매랑 장에도 같이 가고 했다면서 저거 엄마 죽고 나서 엄마 보고 싶다며 가끔 우리 동네 왔잖아. 그때마다 우리 집에 왔고, 올 때마다 과자도 사다 주고 맛있는 것 이것저것 사다 주고 가는데 용돈까지 주고 가더라. 내가 그걸 받고 나니깐 가만있을 수 없어서 이번에 고춧가루 좀 보냈다.", "아 맞아, 그 친구 참 잘해. 우리 친구들에게도 잘해."

이 친구가 우리 동창회 총무를 하자마자 활성화되고 모임이 활기를 띠기 시작했지요. 심지어 회비도 늘어나고 분위기도 짱인 거예요. 회원들에게 수시로 연락하여 소식을 전해주고 하는 겁니다.

여러분 중에도 그런 사람 있을 겁니다. 이런 사람은 친구에게도 어른들께도 참 잘하죠. 친구들한테 잘하는 것도 관계 유지를 위한 딸랑딸랑이라고 생각합니다

'딸랑딸랑' 잘한다 하면 우린 모두 윗사람한테만 잘하는 것으로 생각하는데, 꼭 그렇지만은 않습니다. 여러분 주변도 한번 보십시오. 만나면 신나고 기분 좋은 친구가 있을 겁니다. 그 친구는 나뿐만 아니라 다른 친구들도 대부분 좋아합니다. 그런 친구가 '딸랑딸랑' 잘하는 겁니다. 나도 내 친구들에게 딸랑딸랑 잘하는지 생각해 봐야겠습니다.

잘나갔던 게임회사 넥슨 회장 김정주와 검사 진경준은 친구사이입니다. 요즘 한창 언론에 오르락내리락해서 다들 잘 알죠? 이 둘은 한때 절친이었는데 요즘은 어떻습니까? 딸랑딸랑 잘못하면 이렇게 원수가 됩니다. 사람에 따라 이렇게 차이가 납니다.

● 아래로 관계 사례

미래에셋증권의 박현주 회장 이야기를 해볼게요. 우리나라 증권회사 말단 직원으로 시작해서 증권가의 톱으로 컸는데 며칠 전에 대우증권도 인수했잖아요. 아마도 우리나라 미래의 증권가는 이 박 회장이 장악할 거예요.

이 사람 이야기를 하고 싶어요. 보통, 회사의 사장이나 회장이 되면 누구랑 골프를 치겠어요? 대부분 영업을 위해 거래처 관계자나 감독기관의 사람을 모셔서 접대를 하곤 하지요. 그런데 박 회장은 주말마다 자기 회사 직원들과 골프를 쳤다고 해요. 직원들을 갑으로 모시고 접대한다는 거예요. 왜 그럴까요? 그 직원들이 회사를 살리고 그들로 인해 돈을 벌기 때문에 그들을 곁에 두기 위한 방법이라 생각합니다.

요즘 병원에 가면 자기가 선택한 의사에게만 진료를 받으려 하지요. 만약 그 의사가 다른 병원으로 옮기게 되면, 환자들도 우르르 따라가잖아요. 이전 병원은 고객을 잃는 셈이지요. 증권가도 마찬가지로 돈을 잘 벌어 주는 직원들이 회사를 살리기 때문에 그 직원들을 최고로 대접하는 것입니다. 윗사람이 아랫사람을 사랑하는 방법을 제대로 하는 것이지요. '아래로 딸랑딸랑 잘하는' 사례가 이런 것이지요.

딸랑딸랑을 완전히 반대로 한 사례로, 마산에 있는 몽고간장 김만식 회장을 예로 들 수 있겠죠. 자기 운전기사에게 성질난다고 쥐어박고 욕하고. 작년에 한참 시끄러웠잖아요. 언론에서도 엄청 많이 두들겨 맞았고, 몽고간장 불매운동이 일어나 회사가 어렵게 되기도 했지요. 상사가 자기 직원에게 딸랑딸랑하는 법을 완전히 반대로 한 거죠. 갑질을 한 것이지요.

● 불특정 고객과 관계 사례

박준영 변호사 이야기 들어 본 사람 있습니까? 누군지 모릅니까? 요즘 인터넷에 떴잖아요. 휴대폰 쳐 보세요. 박준영 변호사. 국회의원 박준영 씨 말고. 이 사람이 어떤 사람이냐 하면 목포대학교 다니다 휴학을 해서 군대를 갔었는데 제대하고 나서 복학을 해 보니 자기보다 공부 못한 친구들이 전남대도 가고 서울에 있는 대학에 막 가는 것 보니 화가 나서 스스로 자퇴를 했어요. 그리고 고시공부를 시작했어요. 열심히 한 덕분에 2002년에 사법시험에 합격을 했어요.

사법연수원에 들어가 보니 고졸은 자기뿐인 거예요. 꼭 노무현 대통령과 같았어요. 가서 열심히 공부하긴 했는데 가정사정도 있어 2년 만에 졸업을 못 하고, 3년 만에 겨우 수료를 하고 나와 보니 거기서도 자신은 흙수저였어요. 변호사 되었다고 목에 힘 딱 주고 했는데 공부 잘하는 동료들은 판·검사로 빠지거나 좋은 로펌으로 스카우트 돼 갔는데 자기는 오라는 곳도, 갈 곳도 없는 신세가 되었어요.

결국 겨우 월급쟁이 변호사 생활을 시작했는데 재미없어서 자신이 사무실을 내었답니다. 그런데 사무실만 내면 됩니까? 잘 안 되는 게 뻔하잖아요. 그래서 할 수 없이 국선변호사를 자청해서 가난하고 돈 없는 사람들이 변호사를 선임하지 못해 국가에서 형식적으로 선임해 주는 그 자리를 가게 되었답니다. 그게 한 건당 20~30 만 원 수임료를 받는답니다. 이걸 하면서 먹고 살려니 그 건수를 엄청 많이 할 수밖에 없었답니다.

그걸 계속하면서 살아가고 어떨 땐 너무 억울한 사람이 있어 더 많은 변호를 하곤 했는데, 그의 돈은 받지 못했답니다. 이 소문이 입소문 나면서 진짜 가난하고 돈 없고 억울한 사람들이 자꾸 찾아오기 시작했는데 자신도 모르게 수임료 몇 배가 되는 일을 무료로 변호해 주다 보니 자연히 망하게 되었어요.

망하기 일보 직전인데 그 사실을 알고 어떤 기자가 펀딩을 올린 거예요. 사건을 처리하는 과정에 사형선고를 최종으로 받았는데 재심 청구를 해서 뒤집힌 사건이 있었어요. 자신은 이 사건을 승소하면 언론에 크게 알려져 돈을 벌 수 있겠지 하고 생각했는데, 막상 이기고 나니 돈 없고 더 억울한 사람들이 몰리기 시작한 거예요. 이런 사건은 보통 2년 이상 걸리는데 그 사건에 매달리다 보니 쫄딱 망하게 된 거예요. 사건을 의뢰한 사람들은 대부분 돈 없는 불쌍한 사람들이라서 적정한 수수료를 줄 수 없는 입장이었어요. 결국 온 국민들에게 보태달라고 한 거예요.

인터넷에 스토리펀딩을 올려 3개월에 1억 원을 모으겠다고 계획을 수립했는데 사흘 만에 1억 원이 모였어요. 지금 2주차 들어가는데 4억 2~3천만 원 정도 모였을 겁니다. 최종 3개월에 5억 6천7백만 원이 모금되었다 이걸 하면서 박 변호사는 용기를 얻어 '아, 이게 되는구나. 이 돈을 받아서 뜻있는 변호사 몇 명이 모여 이런 억울한 사건들을 지속적으로 전담하는 사무실을 내자' 하고 계획을 잡았다고 합니다. 이 분이 박준영 변호사예요. 자신의 고객을 어떻게 모셨습니까? 온몸을 헌신하며 모셨잖아요. *강의 후 박준영 변호사의 '약촌오거리 살인사건'이 '재심'이란 이름으로 영화화 되어 2017년 2월 방영되었다.

요즘 옥시란 회사에서 판매한 가습기 살균제 때문에 청문회 한다고 야단이잖아요. 옥시크린이 원래 우리나라 화학회사동양화학 제품인 걸로 나는 알고 있었는데 영국회사레킷벤키저가 가습기 살균제 발매 시작 2년 전에 인수를 했어요. 그래서 영국회사가 된 거에요. 처음부터 이 제품들이 문제 있다는 것을 알면서도 계속 생산하여 지금까지 확인된 사람만 3백여 명 피해자가 나오고 있어요.

어젯밤에 인터넷에 찾아보니 독일에서도 약을 잘못 제조하여 이런 사례가 발생한 경우가 있었어요. 그 나라는 국가에서 법으로 제정하여 가해 회사에서 기금을 내게 하고 국가재정을 보태어 국가 연금을 준다는 기사를 봤어요. 우리나라랑은 너무나 다른 모습이죠. 고객을 어떻게 모셔야 하는지를 잘 설명해주는 사례입니다.

● 사랑하는 사람과 관계 사례

자기 애인하고 자기 남편을 니코틴 원액으로 죽인 송 씨 사례를 볼까요? 니코틴 원액을 수면제에 타서 마시게 하여 죽였잖아요. 남편이 저녁에 집에 오면 수면제를 먹고 자는 습관을 알고 있는 부인이 수면제 먹을 때 마시는 물에다 니코틴 원액을 타서 두었어요. 집에 들어온 남편은 그 물로 수면제를 먹고 영영 잠든 거죠. 당연히 경찰에 신고하지 않고 장례를 치렀겠죠. 다른 가족들의 신고로 경찰 조사를 해 보니 혈액에서 니코틴 성분이 나왔고, 내연남과 돈 거래를 한 정황들이 드러났는데 아직 최종 판결은 나오지 않은 상태입니다. 사랑하는 사람을 죽인 사례이지요.

설악산 지게꾼 임종기 씨 이야기 알고 있나요? 나이가 60살 정도 되었는데, 지금까지 40여 년간 지게로 물과 식량을 설악산 입구에서 대청봉 산장과 중간 장사꾼들에게 옮겨 주는 일을 하고 있어요. 자신은 배운 것도 없고 해서 시작한 지게질인데 하루에 5~6번이 보통이고, 많을 땐 10번까지 설악산을 오르내린답니다. 그렇게 해서 번 돈이 한 달에 150만 원 정도라 합니다. 참으로 대단하신 것 같습니다. 이 분은 젊었을 때 같이 지게질하는 동료가 소개해준 여자분과 결혼해서 지금껏 잘살고 계십니다. 그 여자의 지능지수는 7살 정도밖에 안 되었대요. 그때 임 씨는 '이 여자를 내가 같이 안 살아 주면 누가 같이 살아 줄까? 아무도 데리고 갈 사람이 없을 텐데.' 하고 안타깝게 생각을 했고, 한편으로 이 여자랑 살면 절대 날 버리고 도망가지는 않겠구나 싶어서 결혼을 했답니다. 결혼 후 애를 하나 낳았는데 그 애 또한 엄마처럼 지능이 낮았답니다. 자신도 건사키 어려운 아내가 아이까지 양육하고 키울 능력이 안 돼 4년간 고아원에 맡겨놓았는데 그 사연이 또 눈물이 나요. 자기 애를 보기 위해 주말마다 그 고아원을 찾았어요. 그때마다 과자를 사다 주곤 했는데 함께 있는 애들이 그렇게 좋아하더래요.

그때부터 그 일이 좋아 자신이 번 돈 대부분을 고아원과 양로원에 기부를 했는데 정말 대단하지요? 사람들이 물었어요. 당신은 번 돈 대부분을 거기 갖다 주고 뭘 가지고 살아갑니까? 하니 "저는 부인과 애가 장애인으로 등록돼 국가에서 주는 수당만 가지고도 충분히 살아갑니다."라고 말하더랍니다. 이 이야기를 들으니 어떻습니까? 자신의 배우자를 끔찍이 사랑하며 사는 이런 사람이 있는가 하면 자신의 신랑을 약 먹여 죽이는 사람도 있잖아요.

● 원수지간 관계 사례

버락 오바마와 빌 클린턴 힐러리 아시죠? 이 두 사람의 관계가 지금은 친밀하게 보이지만, 처음엔 어떠했습니까? 민주당 대통령 후보자 경선 시 서로 완전한 경쟁관계였어요. 우리나라 같으면 이런 사람을 바로 자기 밑의 국무위원으로 썼겠어요? 미국의 국무위원이라면 우리나라의 총리 지위입니다. 다시 힐러리가 민주당 대통령후보로 선정돼 오바마 대통령이 선거유세를 해 주고 있잖아요. 어제의 적이었는데, 이젠 친밀한 관계가 됐잖아요.

우리나라에서도 이런 사례가 없었던 것은 아닙니다. 고려시대 때 '서희의 담판' 아시죠? 강동6주를 두고 싸움에 나선 이야기인데 이 또한 재미있는 이야기지요. 그 당시는 고려초기였고 중국은 북쪽으로 거란족과 대치하고 있는 상황인데 거란족은 요즘 말하면 몽골족에 해당됩니다. 좌측은 송나라였는데 고려는 송나라와 친밀한 관계였어요. 거란족이 볼 때 자신의 나라와 거래하지 않고 송나라와 밀월인 고려가 미워서 쳐들어오게 되었던 겁니다.

송나라와 거란족 사이에 여진족이 있었어요. 거란은 사실 송나라에 쳐들어가려 했는데 송나라는 싸워서 이기기 힘들 정도의 큰 나라이기에 약한 고려에 먼저 쳐들어온 거지요. 거란은 강동 6주 근처에 주둔

해 있었지만, 싸울 생각은 없었어요. 거란은 고려가 송나라와 거래관계를 끊길 원했기 때문에 엄포만 주고 대기상태였지요. 고려에서 출병한 서희 장군은 이 사실을 확인하고는 거란 대장과 담판을 하게 되었지요. 그때 거란 장수는 "너희는 왜 우리와 거래하지 않고 송나라와 거래하느냐" 따지니 서희 장군은 "우리는 당신네와 관계를 좋게 하고 싶지만 중간에 끼인 여진족 때문에 관계회복이 어렵다. 그러니 여진족을 물리쳐 주면 송나라와 관계를 끊고사실은 말로만 그렇게 하고 당신네와 거래를 하겠다."라고 말하면서 이전의 고려 땅인 강동 6주를 고려 영토로 회복해 달라고 요청하게 되죠. 거란 장수가 가만 생각해 보니 여진족을 치는 것이 그리 어렵지 않다고 판단하여 승낙을 하게 되죠.

이게 그 유명한 '서희의 담판'입니다. 전쟁에서 싸우지 않고 이기는 게 제일이라는 손자병법에 나오는 전승부쟁戰勝不爭이 아닙니까? 적과도 대화를 할 수 있다는 것입니다.

우리나라 조선 왕들을 보면 대부분 적대관계지요. '육룡이 나르샤'란 드라마는 조선 태조 때 이방원에 대한 이야기죠. 나는 이 드라마를 보진 않았는데, 이성계가 조선을 건국하고 6~7년 정도 집권했지요. 이성계 본부인인 한 씨신의황후에겐 여섯 명의 아들이 있었고, 두 번째 부인인 강 씨신덕왕후에겐 두 명의 아들이 있는데 태조는 강 씨의 둘째방석를 총애해서 자신의 자리를 물려주려고 하자, 화가 난 전처의 아들 여섯 명이 단합해서 강 씨의 둘째 방석을 죽인 사건, 이것이 1차 왕자의 난이잖아요.

이방원은 원래 첫째 부인의 넷째였는데, 자신이 동생을 살해하고서 왕이 되면 백성들 보기에 좀 그렇잖아요. 그래서 둘째형인 방과정종에게 왕을 양보했지요. 왜냐하면 방과는 자식도 없고 총명하지 못했어요. 어차피 방과가 왕이 되면 몇 년 있다가 또 쫓아내고 그 다음 자신이 왕이 되겠다는 속셈이 있었던 거예요. 실제 2년 후 정종을 쫓아내고 왕이 된 것이 2차 왕자의 난이잖아요.

태종이 된 이방원은 17년간 집권했는데, 이때가 왕권이 확립돼 많은 업적을 남겼던 시대이지요. 즉, 앞의 사례는 적과도 협상을 한 사례이고, 뒤의 이야기는 적도 아닌 자신의 형제들까지 죽이며 자신만 살아난 사례입니다.

● 고객과의 관계 사례

다음, 서산의 소금장수 강경환 씨를 아십니까? 저는 이전부터 들어서 잘 알고 있는 사람인데요, 이 분이 어릴 적에 뭘 만지다 폭발이 나서 두 손을 잃었는데 아버지가 물려준 염전에서 소금을 생산했어요. 1년에 2천만 원 정도 수입을 냈답니다. 자신도 가난했지만 생산된 소금을 자신보다 더 어려운 이웃에게 나누어주는 것을 매년 했는데 이게 소문이 나면서 국회의원 나오려는 거 아닌가 하는 모함도 받았다고 합니다. 그런데 지금까지 계속하고 있어요. 몇 년 전에 국가에서 훈장도 받았던 걸로 알고 있어요. 이런 사람은 불특정인에게 딸랑딸랑 잘하는 사례지요.

또 이 이야기도 감동입니다. 노부부가 어느 날 시장에 갔다가 갑자기 비를 만났고 피할 곳을 찾다 백화점 입구 처마에서 겨우 비를 피하고 있었어요. 그때 백화점 안의 점원이 보니, 노부부가 비를 피한다고 왔는데 제대로 피할 것 같지 않아 점포 안으로 인도하여 자리를 내어 주며 비가 그치면 가시라고 했어요. 그런데 이튿날 그 백화점 사장에게 연락이 왔어요. 어제 그 점원이 팔고 있는 상품을 모두 사겠으며, 이후 고정적으로 일정 부분을 팔아 주겠다고 했어요. 그 부부는 바로 철강왕 카네기 부부였어요. 불특정 다수에게 베푼 친절 때문에 엄청난 이득을 본 사례지요. 잠재적 고객에게 딸랑딸랑 잘한 사례라고 해도 되겠지요.

● 상·하·수평관계 사례

지난 주까지 나왔던 kbs2 주말연속극 '아이가 다섯'이란 드라마를 참 재미있게 봤어요. 여기에 주인공이 안재욱이랑 소유진인데 모두 한 번 결혼한 경력이 있고 혼자가 된 사람들인데 안재욱은 암으로 죽은 처 사이에 낳은 아들딸과 함께 부유한 처갓집에서 살고 있고, 소유진은 첫 번째 남편이 소유진 친구와 바람이 나서 이혼한 상태인데 딸 둘, 아들 하나를 두었어요. 드라마는 두 가정이 합쳐지는 과정을 그립니다. 안재욱이랑 소유진은 한 직장에서 상하관계로 만나 결혼을 하게 되는데 장인장모는 계모 밑에서 자라야 하는 두 아이 때문에 걱정을 하고 안재욱 어머니 또한 새 며느리의 됨됨이에 대해 염려를 합니다. 그런데 막상 결혼을 하고 나니 소유진이 정말 잘하는 거야. 안재욱 옛 처가 사람들에게도 친절하고 신랑 애들을 위해서도 끔찍하게 잘하니 안재욱의 옛 장인장모가 우리 사위는 정말 여자를 잘 만났다면서 칭찬을 합니다.

안재욱도 부인 소유진에게 정말 잘하는 것을 보면서 나도 반성을 많이 했어요. 실제 아내에게 '나도 안재욱만큼은 해야 되는데'라는 문자를 보내기도 했지요. 여러분은 자녀에게, 아내에게 정성을 다해 잘해 줍니까? 장인 장모에게 잘해 드립니까? 이 드라마를 보면 가정에서 어떻게 하면서 살아야겠다는 기준이 서요. 부부간에, 장인 장모, 자신의 부모에게, 애들에게 어떻게 하면 되는지, 상하 수평까지 딸랑딸랑 잘하는 방법을 알 수 있어요.

여러분은 어떤 모습으로 살아가고 있습니까? 내가 잘하지 못하는 것은 나보다 잘하는 사람들이 어떻게 하는가를 파악하고 배워야 해요. 바꾸어야 돼요. 그냥 내 스타일로 살다 보면 어느새 나이 오십이 되고 또 그렇게 육십이 지나면 죽을 때 되는 것 아닙니까? 정말입니다. 내가 변하지 않으면 아무도 안 돼요. 애들과의 관계가, 아내와의 관계가 잘 되지 않을 때는 빨리 나를 바꾸어 관계개선을 해야 합니다. 그냥 그렇게 살다 보면 끝까지 갑니다.

지난번 주말에 현장 모 직원이 서면에서 저녁 식사를 같이 하자 해서 부부가 함께 모여 맛있게 식사를 하고 나왔어요. 나오면서 나는 아내랑 손을 잡고 가는데 두 분이 서로 떨어져 가기에 손 좀 붙잡고 가시라고 농담 삼아 얘길 했더니 '우린 손 잡아 본 지 오래됐어요.'하더군요. 저도 예전에는 어색해했는데, 여러분, 그런 사람 있으면 빨리 생각을 바꾸어 손을 잡아야 합니다.

저는 『팔지 마라 팔리게 하라』한국경제신문 라는 책을 한 달 전에 샀어요. 정말 좋더라고요. 오늘 이야기한 대부분의 영감은 이 책을 읽고 난 후 나온 것들입니다. 장사하는 이야기가 주제인데 이야기 속 사람 사이에 관계가 잘 스며들어 있어요. 사람을 어떻게 대하면 물건을 잘 팔 수 있을까? 하는 내용인데 난 이 책을 읽고 인간으로 어떻게 살아가야 하고 관계를 맺어가야 하는지를 배웠어요.

핵심인 딸랑딸랑 잘하기를 사례와 함께 말씀드렸습니다. 마지막으로 세 가지 더 말씀드리자면 첫 번째는 애인처럼 대해라.

난 군대를 남들에 비해 2~3년 늦게 갔는데 선임 상병이 63년생이었어요. 둘이 야간에 보초를 섰었는데 야간에 아무 할 일이 없잖아요. 거기서 선임이 나에게 이렇게 물었어요. "반 이병 애인 있나? 애인 사귀어 봤어?", "애인 못 사귀었는데요" 했더니, "아직 애인도 못 사귀고 뭐 했어?" 하는 겁니다. 아마 자기는 애인이 있는가 봐요. "애인이 있으면 말이야, 정말 좋다.", "뭐가 그리 좋은데요?" 하고 물으니, 애인이 있으면 자신이 이 세상에서 가장 착한 사람이 된다면서 덧붙이는 말이 "도둑놈도 애인 앞에선 선한 양이 된다." 도둑놈도 애인 앞에서면 자신이 도둑질하는 사람이라 말하지 않고 세상에서 가장 착한 사람이라고 한답니다.

난 이 이야기를 듣고 그냥 지났는데 요즘 다시 생각해 보니 사람 대할 때 모두 애인 대하듯이 하면 된다. 이겁니다. 내 아내를 애인같이, 우리 집 애들한테도 애인같이 대하면 된다. 딸랑딸랑은 애인처럼 하면 되는 것입니다.

두 번째는 딸랑딸랑은 위로만 하는 게 아니고 상하 좌우도 똑같이 해야 한다. 오늘 중점적으로 이 부분에 대해서 강의를 많이 했지요.

마지막 세 번째는 이전에 강의한 적 있는 '거꾸로 하면 된다' 입니다. 내가 상대편의 입장에서 생각하고 행동하면 다 돼요. 아내에게 이 말을 하면 듣기 좋아할까? 우리 애들한테 어떻게 해야 좋아할까? 밑의 직원에게 하면 좋아할까? 내가 사장이라면 어떻게 처리할까? 사장은 내가 종업원이라면 어떻게 처리할까? 즉, 반대로 상대방의 입장에서 처리하면 다 된다는 것이지요. 오늘 강의는 이것으로 마치겠습니다. 감사합니다.

*강의 후 대구본부 함일형 선임장께서 강의를 감명 깊게 들었다며 감사하다는 표시로 손수 만든 우드펜을 보내왔다.

A-train : 정선아리랑열차

강원도 정선의 아름다운 풍경을 향해 달리는 열차로 청량리역에서 출발하여 정선, 아우라지역까지 운행한다. 청량리 → 아우라지 → 민둥산 → 아우라지 → 청량리

* 매주 월, 화요일 운휴 단, 정선 5일장 서는 날인 2,7일과 공휴일은 운행

제2열차

1% 차이가 100% 변화를 이끈다

1. 초량이바구길 전망대(VOC 벤치마킹)에서
2. 나 고딩 됐다(노래자랑 행사 코스프레)
3. 딸랑딸랑 잘하기 책(팔지 마라 팔리게 하라)
4. 여행은 즐거워(홍콩가족여행)

망가짐

2016. 5. 20

'전기가 필요할 땐 나를 불러줘 언제든지 달려갈게
전기도 좋아! 신통도 좋아! 언제든지 달려갈게~'

그렇게 박상철의 '무조건' 노래가사를 개사해서 우리 처가處歌로 만들었다. 그리고 고등학생 남녀 교복과 교련복 복장과 한복 치마저고리 백바지, 빨간 양말, 그렇게 분장하여 멋지게 코스프레를 했다. '전기처 못 먹어도 GO~ 기냥 질러 질러~' 플래카드도 멋지게 만들고 리듬도 맞추고 간단한 안무도 준비했다.

드디어 잔치 날이다. "놀려면 폭탄주 몇 잔을 마셔야 한다. 자 한잔 쭉 마시자~" 붉은색 티셔츠로 유니폼을 맞춰 통일한 우리 처 직원 모두는 휴대폰 LED전광판을 흔들면서 단상에 올라 기선을 제압했다. 류동철의 '밤이면 밤마다', 성종대의 '슈퍼맨' 노래로 순식간에 노래자랑 분위기를 업 시키면서 압도했다. 이제 마지막. 난 검정색 교복, 아내는 흰색 칼라의 여고생 교복, 노 과장은 교련복으로 세 명이 함께 나갔다. '사랑의 트위스트' 숨겨둔 꽃다발을 꺼내 관중 속에 다른 부서 직원 중 모셔 올 사람에게 주면서 무대로 끌어들였다. 빠른 리듬 노래와 춤을 추면서 모두가 함께 어울려 완전한 열광의 도가니가 되었다.

망가지면 더 좋은 때는 분위기 띄워 놀 때이다. '놀 때는 놀아라.'는 말이 있는데 우리부서는 확실히 놀아 줬다. 덕분에 상금도 받았고, 행사 준비를 하면서 '이걸 진짜 해야 하나?' 하고 약간 불만스러웠던 직원들도 다음 날 고무된 인상으로 웃었다. 체육행사를 겸해서 우리 직장 노래자랑에서 모처럼 한마음이 되었다.

습관

2015. 9. 30

거의 매일 4~50분 정도 걷기운동을 한다. 정해진 코스를 돌아 아파트 가까이 오면서 꼭 마주치는 몇 명의 사람들이 있다. 첫 번째로 만나는 사람은 환경미화원이고, 두 번째로 만나는 사람은 부산역 입점업체에 식품을 배달하는 운전기사다. 그리고 마지막으로 만나는 사람은 부산본부 정대영 차량처장이다.

"왜 이렇게 일찍 출근하시는 거요? 아직 7시 전인데.", "아, 본사 있을 때부터 습관이 돼서 그래요."라고 말한다. 33년간 한결같이 출근이란 것이 있어 아침이면 직장으로 나선다. 휴가철이나 돼야 출근을 하지 않는다. 몸은 쉬고 있지만 무엇인가를 잃은 듯 마음은 허전하다.

습관은 인간을 얽매이게 하는 부정적 역할도 하지만, 규칙적인 생활을 유도하여 사람답게 만드는 긍정적인 역할도 한다. 요즘 헬스를 하는데 습관 들이기가 쉽지 않다. 하루아침에 길드는 게 아닌 것이 습관인즉, 계속되길 노력하는 수밖에.

승리자

2015. 9. 14

"톰슨은 3라운드 동안 보기bogey 세 개만을 기록한 선수이니, 그가 실수하기를 바라며 이기려는 것은 어렵고, 뒤따라가는 선수들이 좋은 스코어를 내서 이겨야지요." 에비앙챔피언십 LPGA해설자가 말했다. 결국 리디아 고는 무려 8타수를 줄여 역전하며 역대 최연소 메이저 대회 우승컵을 거머쥐었다.

인간이 살아가는 곳엔 모든 것이 경쟁이다. 내 노력보다 상대의 실수로 승리하는 경우도 많다. 스포츠, 게임, 직장 승진, 남녀의 삼각관계 등 두 사람 이상이 모이면 이런저런 형태로 경쟁을 하게 된다.

사람들은 농담 반 진담 반으로 '남의 불행은 곧 나의 행복과 연결돼 있다'고 말한다. KLPGA마지막 날, 나이 어린 서연정 선수가 연장전 네 번째에 버디퍼트를 놓쳤을 때 갤러리들은 모두 아쉬워했다. 결국 경험 많은 안신애 선수가 우승을 했다. 그러나 TV 화면에 비춰진 서연정 선수의 얼굴엔 미소가 떠 있었다. 남의 불행을 내 처지인 양 안타깝게 생각해 줄 때 경쟁도 아름다운 모습으로 비춰지는 것 같다.

자성대

2015. 3. 29

요즘 KBS사극 "징비록"을 재미있게 보고 있다. 어제는 임진왜란이 일어나 첫 번째로 부산진지성에서 부산진첨절제사정3품관으로 수군 통제하는 관직 정발 장군이 왜군과 싸웠으나 3시간 만에 대패, 함락되었던 장면이 나왔다. 그때의 부산진지성이 지금의 자성대 공원이라고 한다.

마침 부근으로 점심식사를 하러 간 김에 부산진지성자성대공원을 둘러보았다. 이 성은 임진왜란 때 왜군이 부산성을 부수고 일본식으로 만든 석성이다. 임난 후 성을 고쳐 좌도수군절제사 숙소로 이용했다. 현 모습은 1974년도에 개축하여 동문건춘문 서문금루관, 장대진남대를 신축하였다. 임난 후 명나라 장수 천만리가 잠깐 머물렀고 그 후손이 세운 천장군 기념비와 최영장군 비각이 있다.

자성대공원이 부산진지성인지 모르고 사는 부산 사람들도 많다. 좌천역 옆 정공단은 정발 장군 사당이다. 부산역에서 초량시장을 지나면 국제오피스텔 앞엔 정발 장군 동상도 있다. 벚꽃이 피기 시작한 부산진지성에 한번 들러보니 감회가 새롭다.

셀카

2015. 2. 28

“노 과장 사진이 왜 이래? 플래카드가 보이지 않아. 플래카드를 더 올려붙여야지. 거꾸로 붙인 효과가 전혀 없잖아.” 생각을 바꾸어 보자고 플래카드를 거꾸로 붙여놓고 사진을 찍었는데, 다음 날 찍힌 사진을 보니 사람 숲에 묻혀버렸다.

점심식사 후 부산역 앞 광장을 대여섯 바퀴 걷는 것이 내 일과 중 하나다. 그때 보면 셀카봉으로 사진 찍는 여행객이 많다. 제각각 다양한 표정으로 혼자, 또는 여럿이 웃고 깔깔댄다. 어제 일본에서 산악회원들이 신년 교례차 한국을 방문했는데 마침 점심시간이라 식사를 함께 했다. 들고 나간 셀카봉을 길게 뽑아 사진을 몇 장 찍었다. 다들 흥미로워하며 재미있어했다. 남이 나를 아무리 잘 찍어줘도 내 맘에 들지 않는 것이 대부분이다. 하지만 셀카봉을 이용하여 내가 나를 찍을 때면, 다양한 포즈로 원하는 모습을 찍을 수 있어 좋다. 남이 나를 찍어 줄 때보다 더 환한 미소와 표정을 지을 수 있어 더욱 좋다. 내가 내 자신의 모습을 보면서 찍는 사진이 셀카봉의 최고 매력이다.

닳음

2015. 2. 9

운동화를 신고 다닌 지 꽤 오래됐다. 2002년도에 허리 디스크가 처음 발병했을 때 병원에서 구두를 벗고 운동화 신기를 권했다. 처음엔 마사이족 신발을 신었는데 비싸기도 했지만, 큰 효과를 보지 못해 일반 운동화로 바꾸었다.

구두를 신을 때는 구두 뒷굽이 비스듬히 닳았을 때 뒷굽을 바꾸거나 덧대어 신곤 했다. 반면 운동화는 그렇게 할 수 없어 운동화를 자주 사야 하는 번거로움이 있다. 최근엔 운동화 바닥에 쿠션 효과가 있는 것을 사서 신는데, 가격이 일반 운동화보다 약간 비싸, 어떻게 하면 양쪽을 똑같이 닳게 하여 더 오래 신을지 생각하며 노력하고 있다.

뒷굽이 평탄하게 닳아야 하는데 내 걸음걸이가 팔자걸음이라 효과가 없다. 아침에 '구두닦이 48년 박○○ 씨' 이야기가 모 신문에 났다. 한쪽만 닳는 구두에 대해 묻는 기자의 질문에 "굽이 잘 닳는 것은 힘차게 걷기 때문입니다. 닳은 것이 정상이지, 안 닳으면 병든 겁니다."라고 한다. 이런 생각을 난 왜 못 했을까?

동전

2015. 2. 5

아내가 새벽같이 아침밥을 차려 놓고는 "택시를 불러 줄 테니 타고 가세요." 했다. "아니야, 바로 앞 큰 도로에 나가면 택시가 천지야." 집을 나서니 6시가 넘었는데 도로에 다니는 택시가 보이지 않아 초조해졌다. 5분을 기다렸더니 저 멀리 택시가 보여 손을 들어서 오라고 신호를 보냈다. 그런데 택시는 서지 않고 휙 지나가고 말았다.

다시 3분쯤 더 기다렸더니 택시가 왔다. 이번엔 멈출 때까지 신호를 보냈더니 내 앞에 섰다. "대전역까지요. 6시 30분 열차를 타야 해요."라 했더니 내 의도하는 코스가 아닌 곳으로 달리기 시작했다. 예상과 달리 대전역 앞에 도착했을 땐 6:20분에 요금도 평소보다 천 원 정도 적은 6,200원이 나왔다. 난 거스름돈 3,800원을 받아 백 원짜리 동전 세 개를 돌려주었더니 "감사합니다."를 연거푸 하시면서 좋아했다. 나도 덩달아 기분이 좋았다. 아내가 호출택시를 불렀다면 요금에 호출비로 천 원을 더 주어야 했는데. 그날은 약간의 조바심은 있었지만, 천 원을 덜 주고 동전 세 닢으로 기분 좋은 아침을 맞았다.

가족

2015. 1. 8

요즘 인기리에 방영되고 있는 영화 '국제시장'을 보면 우리나라 근대사를 엿볼 수 있다. 덕수황정민가 살아온 인생 내면의 근원은 가족이다. 대부분의 영화나 드라마의 줄거리를 살펴보면 그 핵심은 가족이다. 가족을 배제한 인간의 삶은 상상조차 안 된다. 숨만 쉬고 산다는 그 이상도 그 이하도 아닐 것 같다.

친구가 새벽부터 카톡으로 보내온 영상을 보고 한참 놀랐다. 건강검진을 받은 직장인들에게 담당 의사가 "지금 남은 시간은 10개월입니다.", "8개월입니다.", "7개월입니다."라고 말해 듣는 이들을 깜짝 놀라게 한다. 그 시간은 인생 전체 남은 시간 중 가족과 함께할 시간들이다.

나도 그 시간계산기에 내 자료를 넣어 돌리니 놀랍게도 10개월이 나왔다. 그것도 내가 가족과 함께 사는 것으로 가정해서다. 출근하자마자 직원들에게 본인이 가장 소중하게 생각하는 것 세 가지를 말해 보라 했더니 대부분이 첫 번째로 가족을 꼽았다. 병원에 입원한 장모님도 아들, 딸만 찾는 것을 보면 마지막으로 기댈 곳도 가족뿐인 것 같다.

기차놀이

2015. 1. 5

2002년 한일월드컵 축제 때 우리나라가 최종 4강에 올랐었다, 그때 대전월드컵 경기장에서 16강을 치렀다. 그때 그 경기를 관람한 분은 붉은 악마를 상징하는 빨간 티셔츠를 단체로 입고 열광의 도가니 속에 갔다 온 소감을 말해주었다.

본인 평생 이런 붉은 옷을 입고 그렇게 목청이 나가도록 응원해 본 적은 처음인 것 같다. 저절로 흥이 나고 소리를 지를 수밖에 없었다. 앞으로 본인 생에 이런 기회가 두 번 다시 오지 않을 것 같아서 참석했는데 너무 좋았다고 큰 기쁨이었다고.

내게도 이런 기회가 생겼다. 4일 오후 1시 30분 시간이 멈추었다.

10분이라는 시간이 이렇게 긴 시간인지 미처 몰랐다. 부산역 안에서 '기찻길 옆 오막살이' 동요가 울려 퍼지면서 인파가 몰리기 시작했다. 난 몸치라 1부에 참석하지 못한 채 영상을 촬영하고 있었다. 그러나 그 광경을 보노라니 뛰쳐나가고 싶은 충동이 솟구쳐 마지막에 뛰어가 합류했다.

이런 기회가 또 다시 올까? 공사창립 10주년 '기차놀이' 플래시몹 행사는 내 생에 단 한 번뿐이다. 최대한 참여하여 그것을 즐기려고 했지만, 지나고 보니 아쉬웠다. 그래서 인생 선배들이 '순간을 중요시하고 순간을 즐기라'고 이구동성으로 말하는 것 같다. 또다시 되돌아오지 못할 지금 이 순간 이 시간을.

내 탓

2014. 12. 31

몇 년 전에 미국에서 일어났던 일이다. 재미동포인 모 씨의 아들이 원인 모를 사고로 사망하게 되었다. 경찰이 그 집을 방문했을 때 그 부모는 "다 내 잘못이여, 내가 아들을 죽였어." 하면서 울고 있었다. 그 장면을 본 경찰은 범인으로 판단했고, 즉시 연행되어 감옥살이를 했다는 것이다. 한국 사람들은 흔히 마음이 아파 자책할 때 많이 하는 말이지만 미국사회에선 이해되지 않는 부분이었다.

땅콩 회항 사건의 주인공 아버지도 "모든 것이 제 부덕의 소치이니 저를 채찍질해 주세요. 전 이 시간 이후 모든 자리에서 물러나겠습니다." 하고 고개를 숙였다. 노무현 정부 시절 축구에 졌을 때도 대통령 때문에 졌다는 우스갯소리를 했다. 경제가 나빠져도, 대형 사고가 나도 모두 대통령 탓으로 돌리는 게 우리에게 익숙한 정서다.

그만큼 책임자는 무한 책임을 져야 한다. 2014년을 마감하는 오늘, 나는 55세 깔딱 고개를 힘들게 넘어가고 있다. 지난 주말 현장 직원 한 명이 감사에서 지적되었는데, 조사를 해 보니 그동안 근무상태가 엉망이었다. 본부가 발칵 뒤집어졌다. 모두 다 내가 더 치밀하게 관리하지 못한 탓인데 누굴 원망하리. 끝이 좋아야 모두가 좋은 것인데 올해 끝은 이렇게 내 탓으로 마감되는 것 같다.

1석 3조

2014. 12. 26

철도공사에서 지상파 TV방송국에 공익광고를 낸 것이 내가 홍보실에 근무할 때인 2008년도가 처음이었다. 첫 번째 작품인 '당신을 보내세요'를 시작으로 불국사 편과 남북연결 편이 연이어져 광고 되었다. 우리가 의도했던 공사 이미지 개선도뿐만 아니라 더 큰 수확은 그 광고로 인한 직원들의 자부심이었다.

해외에 갔을 때 한국 기업의 광고를 보는 순간 마음이 설렌다. 본래의 의도와 달리 부수적으로 얻는 효과는 그만큼 기업과 나라 모두의 이익이 된다.

내년 1월 4일자로 우리 공사가 공사창립 10주년이 된다. 그 행사의 일환으로 '기차놀이 플래시몹'이 계획돼 있다. 당초 예상과 달리 다양한 부서와 연령층, 심지어 계열사는 물론 외부 사람까지 어울리는 화합의 장이 되었다.

직원 모두가 만족하고 신난 것을 볼 때, 이 또한 덤으로 얻는 효과 아닐까 싶다. 젊은 사람들과 어울리고 운동까지 되니 일석삼조다.

급하게

2014. 12. 23

한평생을 한 직장에서 근무하다 퇴직하는 선배들. 인생 3모작에서 1모작은 부모 곁에서 공부하고 직장 잡기까지, 2모작은 직장에서 근무하며 퇴직할 때까지다. 내게도 2모작을 끝낼 수 있는 시점이 1년에 두 번씩 온다. 오늘이 그날이다.

떠날 때 즈음엔 항상 아쉬움이 남게 마련인데 퇴임식에 자꾸 참석하다 보니 나 자신도 그 시기가 가까워지고 있음을 실감한다. 사람은 늘 끝날 때 가장 좋게 매듭지어야 한다는데 몇 년 남지 않은 미래가 두렵다. 퇴임식이 있는 날인 오늘, 우리 부서의 내년도 업무계획을 보고했다. 마지막과 새로운 시작은 늘 교차한다.

이맘때면 난 늘 새해에 쓸 다이어리를 구입한다. 365일 날짜가 적힌 노트를 준비하는데 그것은 하루라도 빠짐없이 기록하고 알뜰히 살기 위함이다. 연초마다 그런 생각으로 살지만, 연말에 뒤져보면 빼곡하지 못한 기록과 삐뚤한 글씨가 원망스럽다. 뭘 그리 급하게 살았는지.

87년부터 적은 다이어리가 내 서재에 차곡차곡 쌓이고 있는 것을 보면 내가 산 삶이 이것인가? 싶다. 하루가 쌓여 한 달이 되고, 한 달이 쌓여 1년이 되고, 그 1년들이 쌓여 내 생의 절반이 되는 2모작인데, 기록은 지나간 시간의 나를 있게 한다. 기록은 내 삶이다. 내년엔 더 알뜰하고 꽉 찬 기록으로 다이어리를 남기리라.

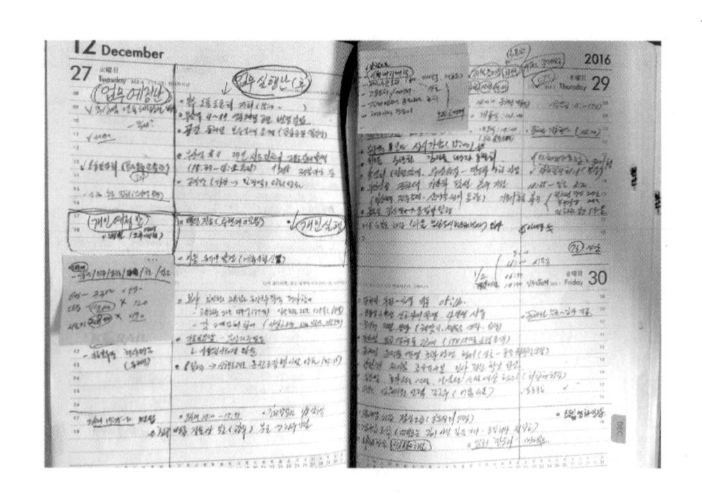

참을걸

2014. 12. 17

살고 있는 관사를 오피스텔에서 아파트로 옮겼다. 그 집에서 첫 밤을 자고 일어났더니 화장실 문이 잠겼다. 하는 수 없이 부엌 싱크대에서 고양이 세수를 하고 출근했다. 방이 두 개여서 손님이 올 때 편할 것 같아 옮겼는데 첫날부터 화장실이 말썽을 피웠다. 오늘 일진이 좋지 않은가 싶었다. 이사를 하니 항상 짐보다 관리비와 TV, 인터넷 등이 문제다. 기존 것은 해지하고 새 집엔 이전하거나 새로 넣어야 한다.

TV 유선방송을 옮기려니 명의자가 이전에 사용하던 사람으로 돼 있어 문제가 되었다. 예전에 모 유선방송을 해지할 때 해지를 해 주지 않아 애를 먹었는데 이번에도 쉽지 않았다. 결국 난 유선방송사에 화를 냈고, 해지도 못 하고 전화로 고성만 오고 갔다. 소비자가 나인데 소비자에게 불편을 주다니? 전화를 끊고 나니 화낸 나 자신이 한없이 부끄러웠다. 조금 있다 다시 전화를 걸었다.

"○○님께 아까 제가 화를 내어 미안하다고 꼭 전해 주세요." 새로 접수한 직원께 까다로운 서류를 다 챙겨 주고 사과를 요청했더니 기분이 조금 풀렸다. '올해는 절대 내가 먼저 큰 소리 치지 말자'고 했었는데 어기고 말았다. 숱하게 많은 소비자를 상대하는 고객센터 직원들은 나 같은 사람을 수도 없이 만났을 텐데. 조금만 참을걸 지나고 나면 늘 후회다.

나쁜 것

2014. 12. 14

지난 주말, 작은 모임이 있었는데 오랜만에 기분이 좋아 한잔 하다 보니 과음을 했다. 그날 저녁잠까지 설치고 피곤이 겹쳐 다음 날 결국 입술이 터졌다. 그냥 립스틱만 조금 바르고 나아지길 기다렸는데 작은 갈라짐이 조금씩 커지더니 일주일째 완전 터지고 말았다. 어제서야 약을 바르고 먹고 했지만 소용이 없었다. 이젠 시간이 약이라 생각하며 낫기만을 기다릴 뿐이다.

요즘 검색어 1위는 계속 조○○이다. 땅콩회항사건으로 불리는 모 항공사 부사장의 사건이 일주일이 넘게 온 언론과 SNS를 도배하고 있다. 그런데 회사 측 사과가 점점 더 악화 여론으로 이어지더니, 결국 회장까지 고개를 숙였다. 국토부가 조사하고 그 내용이 일부 언론에 보도되었다. 이번엔 상대 사무장이 인터뷰하면서 불이 붙고 말았다.

나쁜 것은 언제나 터지게 마련이다. 좋고 선한 사건은 확산이 느리지만, 좋지 못한 사건들은 확산 속도가 빠르고 쉽게 불어난다. 특히 가진 자나 높은 지위의 공직자, 정치인, 등 소위 공인일수록 더하다.

긍정 말

2014. 12. 9

"요새 어떻게 지내니?", "뭐, 일만 하고 아프면 고치고, 또 일하고. 그렇게 살아요.", "에그, 재밌게 살아라. 말이라도 재밌다 생각하고 살면 저절로 재밌어진대." 무심결에 예전에 함께 근무한 직원에게 던진 메신저에 돌아오는 답이 각양각색이다.

눈이 침침하여 사무실 앞 안과에 갔다. "아, 봄에 오시고 처음이네요.", "네. 안약도 떨어지고 요새 술을 좀 마셨더니 눈이 침침하고 눈곱이 끼어서요.", "아, 괜찮은데요? 나이 50대에 이 정도면 어디 가서 눈 좋다고 자랑해도 될 정도예요. 근시도 하나 없고.", "정말 그런가요? 난 늘 침침하다고 문제 있나 생각했는데.", "좋다 말고요. 그냥 술 적게 마시고 침침할 때 안약 넣으면 됩니다."

안과를 나오니 왠지 기분이 좋아 날아갈 것 같다. 단지 의사의 말 "나이 50에 이 정도면 어디 가서 눈 좋다고 자랑해도 될 정도예요." 딱 그 소리 들었을 뿐인데. 말 한마디, 문자 하나가 이렇게 사람의 기분을 업 시켜 준다. 가끔은 상대가 듣기 좋아하는 말을 해 주며 살아가야지.

시장

2014. 11. 28

“우리나라 전통시장에 가 보면 한결같이 똑같은 게 뭔지 압니까? 아치형 지붕에 잘 정비된 똑같은 간판입니다.” 어제 본 ‘세바시 전통시장, 살아남은 것들의 비밀’의 강연자 이랑주 씨가 한 말이다. 전통시장을 살리겠다고 대대적으로 시설 개량을 하지만, 전통시장은 계속 줄어드는 것이 현실이다.

껍데기만 바꾼다고 될까? 직장에서 가끔 분위기를 쇄신한다고 워크숍을 한다. 강연도 듣고 술도 한잔 하며 어울린다. 그런데 정작 분위기가 좋아지려면 딱 한 사람만 바뀌면 된다. 그게 바로 그 부서의 리더다. 리더 한 사람만 바뀌면, 아니 교체하면 되는데 부서원 전부를 바꾸겠다고 하는 것이 우습지 않은가?

부산역 앞 초량시장이 바뀌었다. 갈 때마다 변하는데 이젠 지붕이 씌워지고 기둥에 색상이 칠해지더니 좌판에 명표까지 써 붙여졌다. 그런데 그 시장 안의 물건과 사람은 하나도 바뀐 게 없다. 지난번 초량시장 입구에는 ‘내가 변하지 않으면 시장도 변하지 않는다.’라는 플래카드가 있었다. 어제 보니 '내가 변해야 시장이 변한다.'라고 바뀌었다. 글자가 바뀐다고 그곳 사람들이 변할지 궁금하다.

- 요즘 내가 제일 욕심내는 것 5가지 -

1. 오래 걷기
하루 1만 5천 보 이상 걷기. 서 있을 때도 제자리 걷기.

2. 화 안 내기
화날 때도 속으로 삭이고 딴 일에 몰두하자.

3. 잠 많이 자기
푹 쉬는 게 제일. 하루 7시간 이상, 밤 11시 전에 잠들기.

4. 내 주변의 것에 관심 갖기
가까이 있는 것, 지금 살고 있는 곳을 좋아하기.

5. 글쓰기
메모하고 생각나면 적고 남기자.

뉴스

2014. 11. 23

지난번 인터넷 중독방지 사이버 교육을 받을 때 강사가 한 말이 생각난다. "법 중에 가장 강력한 법이 사회통념법입니다." 아무리 헌법에 문제가 된다 해도 국민들이 이해되면 괜찮다는 것이고, 반대로 문제없는 일도 사회 통념상 용납되지 않으면 국민의 지탄을 받아야 한다는 것이다.

국민 여론이 그렇게 무섭다는 것이다. 국민 여론은 주로 언론이 주도한다. 요즘은 SNS 여론이 중요해졌지만 지금껏 신문과 방송이 주도해 왔다. 방송에 탔다 하면 세상이 시끄러운 것이다. 그래서 대부분 직장인은 출근과 동시에 먼저 행하는 일이 자기 직무 관련 신문 스크랩이다.

철도는 유난히도 언론에 민감하다. 그만큼 국민 관심이 많고 많은 국민들이 이용하고 있기 때문이다. 토요일 저녁에 발생한 정선 무궁화호열차 고장 뉴스가 일요일 정오를 넘어서까지 계속 주요뉴스로 나온다. 사실 그 정도 뉴스는 단신 정도인데 계속 보도되고 있다.

기자들의 유일한 휴일은 토요일이다. 따라서 토요일 행사는 큰 이슈

거리 외엔 언론에 보도되기 쉽지 않다. 그러나 사건이 돼 기자가 출동했다 하면 모든 언론에서 톱이 될 수밖에 없다. 그래서 다음 뉴스거리가 날 때까지 계속 방송에 뜬다. 기자가 쉬는 토요일 사고는 그래서 더 크게 보도된다.

상과 벌

2014. 11. 21

몇 년 전 철도가 새로 신설되는 구간에 민원이 발생했다. 역 이름에 자기 동네 이름을 넣어달라는 것이었다. 역이 두 동네 중간쯤에 있어 양쪽에서 치열하게 대립했다. 이 사실을 보고 당시 사장은 철도가 국민들의 깊은 애정이라 표현하시며 우리에게 유리하게 말씀하셨다. 이를 본 직원들은 좀 어리둥절해했다. 다른 분 같으면 그런 민원이 나오지 않도록 사전에 충분히 조율하지 않았느냐며 질책했을 것이 뻔했기 때문이다.

지난 주말에 ITX 새마을호가 고장나는 사고가 있었다. 하필 대입시험을 보려던 수험생이 그 차에 타고 있어 큰 이슈가 됐다. 비상수송 작전에 돌입해 대부분이 시험을 보게 되었고 그런 부분을 대대적으로 보도한 언론도 있었다. 차량 고장 자체만을 더 크게 보도하는 언론도 있다. 문제는 전자보다 후자가 많다는 것이다.

다음 날 구포역에서 비슷한 열차 고장이 났는데, 역 직원의 사전 신고로 신속히 조치되었다. 동일한 차량 고장이지만, 운영자의 대처에 따라 그 결과는 완전히 달랐다. 어제 사장께서 우리 본부에 오셔서 다시 한 번 그 일을 말씀하시며 칭찬했다. 어떤 일이든 보는 관점에 따라 달리 해석되고, 조치를 어떻게 하느냐에 따라 결과가 판이하게 달라진다.

가족사랑

2014. 11. 16

오랜만에 아내랑 영화를 봤다. 장장 3시간 동안 본 영화는 '인터스텔라'라는 SF영화다. 골프가 4~5시간 운동이라며 꽤 지루하다고 하는 사람이 있는데, 사실 골프는 움직이는 운동이고, 18홀 내내 그린에 변화가 많다. 움직이지 않고 한 자리에서 3시간을 계속 본다는 것 그 자체가 고역이다. 오늘 본 '인터스텔라'는 약간 지루한 영화였다.

미래에 망해 갈 지구를 위해 새로운 생존 터전행성을 개척하러 나선 사람들, 그 우주선을 조종하는 주인공 피터는 124살이 돼 시공간 초월로 딸이 먼저 늙어 죽어가기 직전에 돌아와 만난다. 가족을 버리고 인류 전체를 살리기 위해 떠난 우주여행이지만, 영화의 핵심은 가족 사랑이다.

영화를 보는데 폰 자막이 떴다. '탤런트 김자옥 폐암 사망' 끝나고 나와 뉴스를 보니 가족이 보는 가운데 편안하게 눈을 감았다고 한다.

오후에 우리 집 네 명이 함께 오랜만에 뷔페식당에 가서 식사를 했다.

가족이 이렇게 중요한 것을 나도 느끼고 우리 집 애들도 느꼈으리라.

검진

2014. 11. 28

지난번 건강검진한 결과가 나왔다. '정상이지만 몇 가지 관찰이 필요하다는 의견입니다.' 마지막에 건강을 위한 8가지 수칙과 함께 걷기 운동에 대해 적혀있어 공유합니다.

건강을 위한 8가지 수칙

1. 금연, 2. 균형 잡힌 음식 섭취, 3. 적당한 음주, 4. 운동, 5. 충분한 수면6시간 이상, 6. 규칙적인 생활, 7. 긍정의 마음가짐, 8. 정기적인 건강검진.

걷기는 신이 내린 최고의 자연요법

"걷기 운동이야말로 가장 최고의 운동이다!" - 미국 코넬대학 심장의학자 헨리 솔로몬 박사

"강도 높은 운동이 아니라, 걷기 운동이 온전한 운동이며 걷기 운동은 관상동맥 질환의 위험을 현저히 줄여 수명을 연장한다." - 스텐포드 대

학 랠프 파랜버거 교수

걷기가 건강에 좋은 점

- 호흡의 능률이 높아져서 산소 섭취량이 증가한다.
- 다리와 허리의 근력이 증가한다.
- 몸에 좋은 HDL- 고밀도 콜레스테롤 증가
- 몸에 나쁜 LDL- 저밀도 콜레스테롤 감소
- 비만이 해결된다.
- 고지혈증이 개선된다.
- 심장과 폐기능이 향상된다.
- 골다공증이 예방된다.
- 당뇨병이 개선된다.
- 변비가 개선된다.
- 면역기능이 향상된다.
- 성적 만족도가 향상된다.
- 노화가 늦추어진다.

걷기는 혈액 순환을 촉진

혈액이 순환되지 않으니까, 몸 세포는 영양소를 공급받지 못하고, 노폐물을 배출할 수 없어 질병이 발생한다.

파워워킹이란?

- 3개월 정도의 기초 체력을 다진 후, 걷기가 익숙해지면 파워워킹으

로 걷기를 더욱 업그레이드한다.

- 시속 7~8km 정도의 빠른 스피드로 발을 뗄 때 발가락 끝으로 땅을 찍듯이 밀고 나가는 것이 핵심.
- 보폭을 크게 해서 걷는 것이 아니라, 다리를 빨리 움직이는 방식으로 스피드를 올려야 함.
- 일정한 속도를 유지하는 것이 중요.

걸을 때 주의해야 할 점

- 허리가 아프거나 무릎 등이 아픈 병이 있으면 주의할 것
- 감기 기운이 있거나 수면 부족 등 몸 상태가 좋지 않을 때는 휴식
- 걷기 전에는 준비 운동으로 몸을 살짝 풀어준다.

노출

2014. 11. 9

홍보실에 근무하면서 배운 것이 많은데, 그중 하나는 어떤 사물을 볼 때 늘 홍보적 마인드를 갖고 보는 것이다. 내가 얻은 최고 수익이었다. 홍보는 늘 마케팅과 직접적인 관련이 있어 사업이 잘되게 하는 초석이 된다. 그래서 '홍보계획부터 수립하고 난 뒤 일을 추진하라'는 말을 자주 듣는다.

홍보는 엉뚱하게 적용되기도 한다. 지난번 국정감사 때 정부기관별로 홍보대사 임명에 많은 비용을 지출한 것이 문제가 되었다. 그런데 어떤 기관은 비용을 전혀 지불하지 않고 홍보대사를 운영한 곳도 있다. 무료로 운영한 기관이 어떻게 가능했을까?

결론은 홍보의 최고는 노출이라는 것이다. 얼마나 많은 사람들에게 어필되는가에 따라 홍보가 더 되고 덜 된다. 철도는 늘 무료로 홍보대사를 임명할 수 있었다. 철도만큼 불특정 다수의 사람들에게 노출되는 분야가 많지 않기에, 홍보대사로 임명되는 그 자체가 곧 자기 PR이 되기 때문이다. 따로 홍보를 하지 않아도 본인의 얼굴이 철도, 기차, 역에 붙어 있기 때문이다.

대전역과 부산역 맞이방에 입점한 성심당 빵집과 삼진어묵은 그 효과를 십분 발휘했다. 맞이방 승객에게 최대의 노출이 되기도 하지만 성심당과 삼진어묵이 찍힌 종이가방에 구입한 빵과 어묵을 넣어 들고 떠난다. 승객 한 명 한 명이 성심당과 삼진어묵의 움직이는 홍보대사다. 무료 메신저로 운영되는 카카오톡이 돈을 벌 수 있는 것도 불어난 사용자들 때문이다.

이력서

2014. 11. 6

예전에 어느 사무실에 갔을 때, 회의 테이블에 앉자마자 한 직원이 다가와 결재판을 내밀었다. 약간 어리둥절하여 결재판을 열어 보니 뜻밖에도 어떤 차를 마실 것인지 선택하라고 적혀 있는 메뉴판이었다. 약간 웃기기도 했지만 고객을 위한 마음이 남달라 보여 기분이 좋았다.

오늘 우리 사무실에 찾아오신 손님이 내게 첫 번째 내민 것이 자신의 이력서였다. 무슨 채용 면접도 아닌데? 그런데 이게 내 마음을 끌었다. 인적사항에 생년월일, 학력, 주요경력사항까지 쭉 적혀 있었다. 어쩌면 자신을 홀딱 벗겨 보여 준 셈이니 내 마음을 열지 않을 수 없었다.

그 이력서 속에 '울진 북면~원덕 간 도로공사' 내용이 있었는데 바로 내가 살던 곳이 아닌가? 그 이야기부터 접근하니 더욱 친밀감이 커졌다. 오늘 또 하나를 배웠다. 말하기 어려운 내 속을 보여 줄 때는 종이에 적어 보내는 것도 방법이란 것을. 말보다 지면에 적힌 것이 훨씬 더 신뢰가 간다. * 주인공은 '부산신항 제2배후도로' 건설을 하고 계셨던 두산건설의 고병우 소장이다.

반극동의 행복강의노트 2

1% 차이가 100% 변화를 이끈다

강의 2015. 7. 9

오늘 일반 신호 보수반이지요? 이렇게라도 여러분들을 만나니 반갑습니다. 강의시간만 되면 '어떠한 도움을 드릴까?' 하는 고민을 많이 하는데 오늘은 '1%의 차이'에 대해서 이야기해 보려고 합니다. 일 잘한다는 사람은 뭔가 엄청난 차이가 있을 줄 아는데 사실은 아주 조금 차이가 납니다. 그 차이가 점점 커져서 나중엔 회복할 수 없는 정도의 결과를 가져옵니다.

맛집이란 식당도 마찬가지입니다. 다른 집보다 약간만 다르다면 사람들은 그 집으로 갑니다. 우리가 직장생활에서, 사회생활에서 어떻게 하면 남들과 차이를 만들 수 있을까 고민해 보는 시간입니다. 이 강의 자료는 순전히 제가 생각하고 뽑아낸 것이기에 절대적이지는 않습니다.

한때 주식, 자녀 공부, 부동산 등 강남 아줌마만 따라하면 돈을 번다고 할 때가 있었습니다. 여러분들 주위에도 잘나가는 사람이 분명 있을 것입니다. 잘하는 사람, 성공한 사람은 나와 다른 무엇인가를 가지고 있기 때문입니다. 그 사람처럼 되려면 그 사람을 공부해 보면 됩니다. 그 사람 행동 하나하나에 대해서 연구하고 쫓아가면 됩니다.

중앙일보 논설위원으로 활동한 정진홍의 『사람공부』란 책이 2권 나와 있습니다. 그 책을 읽어 보시면 어떻게 살아야 하는지 의문이 풀리게 됩니다. 유명인도 있지만 보통의 서민도 있습니다. 난 이 책을 아주 감명 깊게 읽었는데 여러분께 일독을 권합니다.

첫째, 항상 웃는다

웃는 사진을 보면 뭐라 생각합니까? 아주 쉽지요. '웃자'입니다. 웃는 사람 얼굴에 침 뱉을 사람 있나요? 항상 생글생글한 사람은 어디를 가도 인기 있고 좋아들 합니다. 예전에 함께 근무한 직원 중에 똑같은 결재 서류를 가져가도 어떤 분은 퇴짜를 맞아 보완을 해야 하는데, 다른 분이 가져가면 바로 결재를 받아 오는 것입니다. 두 사람에게 차이점이 있었습니다. 한 분은 평상시에도 밝은 인상이었고 다른 한 분은 인상이 어둡다는 것입니다. 결재 받으러 갈 때 미소를 띠고 가십시오.

둘째, 책을 읽는다

두 번째 이야기입니다. 책을 들고 있는 사람은 유식해 보이지 않습니까? 초등학교밖에 졸업하지 않은 내 친구는 대학 원서를 옆구리에 차고 다니면서 여대 학생을 꼬셔 결혼한 경우도 있습니다. 유식해 보이든 그렇지 않든 일단 책을 가지고 다니다 보면 첫 페이지 몇 줄이라도 읽게 됩니다.

저는 많이 읽을 땐 1주일에 두세 권을 읽었습니다. 눈만 뜨면 보는 겁니다. 화장실에 가서도, 밥을 먹다가도, 출근하면서도 책을 보면 됩니다. 하루에 한두 페이지씩만 책을 읽더라도 손에 들고 다니다 보면 마지막 장을 넘길 때가 올 겁니다.

이지성 씨가 쓴 『독서천재가 된 홍대리』란 책을 추천해 드릴게요. 이 책을 읽어 보면 하루에 한 권씩 책을 읽을 수 있는 노하우가 생깁니다. 물론 저자 이지성 씨도 독서를 많이 하다가 유명한 작가가 된 경우지요. 너무나 잘 아는 유명한 작가잖아요. 『꿈꾸는 다락방』, 『여자라면 힐러리처럼』, 『리딩으로 리드하라』, 『생각하는 인문학』 등 베스트셀러만 엄청나지요.

셋째, 유머가 있다

글자나 말 바꾸기는 가장 쉬운 유머라 생각합니다. 요즘 정치인들이 욕 많이 얻어먹고 있지요? 국개의원들.

허준영 전 사장은 월례조회시간에 재미난 유머를 하나씩 하곤 했습니다. 28층 구내식당에서 점심을 드셨는데, 그때도 유머를 날리곤 했습니다. 유머 한마디씩 듣고 와서 알려 주곤 했는데 유머도 리더십의 하나라는 생각이 들었습니다.

함께 근무하는 사람이 즐겁고 항상 유머가 넘쳐나는 사람이라면 즐거워지겠지요. 그 사람이 본인이라면 더 좋겠지요. 여고생들에게 장래 배우자로 어떤 사람을 택할지를 물었더니 예상외로 운동선수와 유머 있는 남자를 꼽았다고 합니다. 왜? 즐거우니까.

본사 전기계획처에 근무할 때 매일 아침 유머 한 가지씩 이야기하기를 해 봤는데 분위기가 확실히 달라지더군요. 여러분도 모임이나 가족 식사 시간에 유머를 던져 보십시오. 분위기가 좋아지고 소통은 보너스로 따라올 겁니다.

넷째, 일찍 일어나라

조기조포충早起鳥捕蟲 '일찍 일어난 새가 벌레를 잡아먹는다', 뭐 유식한 것 같지요? 고비조원경高飛鳥遠見 '높이 나는 새가 멀리 본다.' 이제 진짜 유식한 것 같나요? 하하하, 뭐 어려운 것 아닙니다. 인터넷 치면 다 나옵니다. 전 어릴 때 천자문과 명심보감을 동네 훈장선생님께 조금 배웠습니다. "子曰자왈 僞善者위선자는 天報之以福천보지이복하고

爲不善者위불선자는 天報之以禍천보지이화니라." 또 할까요?

莊子曰장자왈一日不念善일일불염선이면 諸惡제악이 皆自起개자기니라.

다 착한 일 하라는 것이지요?

다시 원 위치해서 직장생활에서 제일 덕목은 일찍 출근하는 거라 생각합니다. 일찍 출근하는 사람치고 성실하지 않은 사람, 일 못하는 사람은 한 명도 없습니다. 일찍 나온다는 것이 뭡니까? 미리 와서 그날의 일을 먼저 파악한다는 것입니다. 공부할 때 예습해 가면 공부가 재미있고 쉬운 것이랑 같다고 이해하면 될 것 같습니다.

내가 수도권 서부 본부에 처음 갔더니 어떤 직원이 항의성 발언을 하였습니다. 자신은 남부지사 스텝에 근무했는데 서부 본부와 조직이 합쳐지면서 현장으로 내려왔다고. 그래서 물어봤습니다. "○○님, 매일 아침 8시 이전에 출근할 수 있습니까?" 아무 소리 못 하더군요. 상

사는 직원들의 출근시간을 보고 평가하기도 합니다. 일찍 출근한다는 건 관심과 애착이 있기 때문입니다. 유비무환. 일찍 출근하여 하루를 설계해 보시길 바랍니다.

다섯째, 선물을 준다

군대 있을 때 우리 중대장은 선물 주는 걸 참 좋아했습니다. 오징어를 사다가 자신의 서랍 속에 넣어 두었다가, 상급부서에서 점검이 나오면 그걸 드시면서 시간을 벌어 주셨습니다. 제대하는 부하직원들에겐 자신이 키운 꽃 한 송이를 화분에 담아 선물로 주셨습니다. 조직생활에서 상사에겐 배울 점이 많다고 했는데 좋은 점은 배우고 나쁜 점은 반면교사反面教師 삼아야겠다는 생각을 했었습니다. 진정 처세의 달인이셨습니다. 여러분도 처세의 달인이 되길 기원하겠습니다.

1998년쯤일 겁니다. 구서울역에 경관조명을 하려고 했었는데 서울역사가 문화재로 지정되면서 문화재청에 심의를 받아야 했습니다. 문화재 보존을 위해 역 건물 벽에 못을 치거나 형태를 변경하지 못하게 돼 있어 심의 통과가 어렵다고 했습니다. 그때 함께 근무한 이달호 사무관께서는 위원들께 선물을 주자고 제안했고, 마침 철도 100주년 기념으로 나온 넥타이핀이 있어 20개를 얻어 가져다주었더니 좋아들 하더군요. 심의가 무난하게 통과돼 구서울역은 경관조명으로 야간에 더 화려하게 됐습니다.

여러분들도 선물 받으면 기분이 좋지 않습니까? 선물을 주는 것이 필요합니다만, 부담스러운 선물은 역효과를 낼 수도 있습니다. 선물이라면 거창할 것 같은데 수평적 관계에 놓인 사람에게 휴대폰에 이모티콘 2천 원짜리 선물 하나 보내 보세요. 1천 원짜리 노래 한 곡 보내 보세요. 반응 좋습니다. 커피보다 쌉니다. 마음과 정성이 들어간, 기념이 될 만한 선물은 일하는 데 감초입니다.

여섯째, 뒷정리를 잘하자

골프를 매너게임이라고 합니다. 상대가 보든 안 보든 스스로 룰을 지켜야 합니다. LPGA경기를 자주 보는데 선수들이 필드에서 아이언으로 공을 치고 나면 꼭 뜯긴 잔디를 주워서 자신의 공을 친 자리디봇자국를 메우는 걸 볼 수 있습니다. 또 벙커모래웅덩이에 들어가 공을 치고 난 후, 다음 사람을 위해 자신의 발자국을 깨끗하게 정리하고 나옵니다.

뒷정리를 잘하는 사람은 누구나 좋아합니다. 작업을 마친 뒷정리는 거의 좋아하지 않습니다. 왜? 볼일 끝났으니까. 그럼에도 뒷정리를 하는 사람은 꼭 있습니다. 마음이 넓은 사람이기 때문입니다. 여러분이 그런 사람이 돼 보십시오. 주변 사람들이 더 좋아합니다.

난 사람을 만나고 나면 명함을 받아 핸드폰에 입력합니다. 상대방의 귀가시간 즈음에 간단한 인사와 함께 문자를 보냅니다. 확인 사살하는 것인데, 효과가 정말 좋습니다. 상대방이 날 잊지 않고 기억해 준다는 것에 기분 좋을 겁니다. 인간관계에서 뒷정리 잘하는 방법입니다. 처음에 제 소개할 때 휴대폰번호 적었지요? 오늘 한번 시험해 보시기 바랍니다.

일곱째, 역발상으로 생각하라

이번에 소개해 드릴 분은 대전 선양소주회사現맥키스컴퍼니의 조웅래 회장입니다. 경남 함안 사람인데 벨소리 다운로드 업체 ㈜5425로 성공하여 대전의 선양소주를 인수했습니다. 마라톤을 좋아하는 조 회장은 대전 계족산에 올라가 보고 산 8부 능선에 있는 둘레길에 황토를 깔 생각을 했다고 합니다. 맨발로 황톳길을 걸으면 건강에도 좋겠다는 생각으로, 매년 7~8억 원의 사비를 들여 깔았습니다. 계족산의 황톳길은 대전시민의 건강코스로 차츰 소문이 나면서 '한국에서 가 봐야 할 곳 100선'에 올랐습니다. 주말마다 산악 음악회가 함께 열리고 있습니다. 몇 년 전 한국을 방문한 외국 정상이 이곳을 찾기도 했습니다.

황톳길이 에코힐링으로 상징되면서 대전소주 'O2린'의 판매량은 물론, 회사 이미지도 많이 좋아졌다고 합니다. 더불어 직원들의 애사심도 늘어 이직률이 제로에 가깝다고 합니다. 시간이 되면 맨발로 황톳길을 걸으면서 숲속 음악도 들어 보시길 바랍니다.

또 부동산 공부를 해 보면 위치는 좋으나 맹지도로나 길이 없는 땅는 절대 사지 말라고 합니다. 그러나 인접한 작은 땅이 도로에 접해 있다면 그 땅은 사도 됩니다. 추가 매입 후 그 땅을 도로로 만든다면 맹지에서 벗어나게 되므로 헐값에 구입한 맹지가 금싸라기 땅으로 변할 수 있습니다. 전문 부동산업체들은 임야를 매입하여 도로를 낸 후 전원주택지로 분양 시세의 몇 배로 이익을 내기도 합니다. 위 두 가지 예는 역발상의 사고가 대박을 친 사례입니다. 남들과 다른 생각, 돌려 보고, 뒤집어 보고, 엮어 보고, 분해해 보시면서 부자 되시길 바랍니다. 남들과의 1% 다름입니다.

여덟째, 항상 깨끗하라

의도치 않게 몇 년 동안 혼자 살아 봤지만, 혼자 살면서 자기 방을 깨끗하게 유지하는 것이 쉽지 않습니다. '늙은 홀아비 집에 가면 벗어놓은 양말짝뿐'이라는 말이 있습니다. 물론 예외적인 분도 있겠지만, 내 경우는 '벗어놓은 양말짝'에 해당합니다.

지난번에 읽은 『성공하는 남자의 디테일』김소진이란 책을 보면 지갑이나 주머니 속도 깨끗하게 정리하고 가지런한 사람이 출세를 한다고 적혀 있었습니다. 잘 보이지 않는 곳, 서랍 속이나 옷장 속을 열어 보면 더 확실히 압니다.

여러분도 어떤 식당에 들어갔는데 깨끗하게 정리된 곳과 지저분하고 마구 어지럽혀진 곳 중 어느 곳을 다시 가고 싶으십니까? 일반 물건을 사러 가는 점포도 같지 않나요? 요즘 편의점에 한 번 가 보십시오. 가지런한 게 얼마나 정리가 잘돼 있습니까? 깨끗하면 달라 보이고 구매하고 싶어집니다.

아홉째, 계획을 수립하고 꿈을 가진다

나도 자기소개서를 쓸 때가 있더라고요. 그때 뭘 쓸까 생각하다가 내 철도직장생활 30년을 썼어요. 철도공무원을 막 시작할 때 난 30년 이상을 여기서 근무하겠다고 마음먹었고, 10년마다 변화를 주려고 했어요. 첫 10년 후엔 주사6급까지 올라가면서 직원으로서 최선을 다하고, 두 번째 10년 후엔 사무관5급이 돼 초급 간부로서 일을 배우고, 마지막 10년 후엔 서기관급 중견 간부가 돼 공무원을 마감하겠노라고 계획을 수립했어요.

그런데 그 계획이 딱 들어맞게 10년 되던 해인 1992년에 본청에 올라와 주사로 진급했고, 다시 9년만인 2001년도에 사무관이 될 수 있었어요. 마지막 2010년엔 공기업이 돼 1급서기관급까지 올랐어요. 결국 계획했던 것보다 매번 1년씩 앞당겨진 셈이에요. 그 내용을 자소서에 적었습니다.

결국 자신이 세운 계획이 있다면 분명 이루어질 수 있다는 것을 제가 경험했습니다. 여러분은 어떤 계획을 수립했나요? 계획 수립하는 것, 정말 중요합니다. 계획을 수립하면 방향이 정해졌기 때문에 그 방향으로 질주만 하면 됩니다. 계획을 수립하지 않으면 정해진 방향이 없으므로 이쪽으로 저쪽으로 쏠려 다녀서 남들보다 늦을 수밖에 없어요. 계획 수립, 이것은 남들과 1% 다르게 살아가는 비법 중 하나입니다.

열째, 열정적이고 도전적이다

붉은 색은 열정을 나타내지요? 옛날엔 빨갱이라고 붉은 색을 좋아하지 않았는데 언제부터인가 모두가 좋아하는 색으로 변했지요. 직장생활에서 상사가 제일 좋아하는 직원은 열정적이고 도전적인 부하랍니다.

이명박 정부시절 인천공항공사 사장을 지내신 이채욱 사장이 있어요. 예전에 삼성물산, GE코리아 회장을 했는데, 그분이 쓴 『백만불짜리 열정』랜덤하우스코리아이란 책을 한번 읽어 보세요. 책에 나온 유명한 일화가 있지요. 삼성물산에 입사하여 고철을 수입하여 많은 이익을 봤는데 더 큰 수익을 얻기 위해 폐선박을 사서 해체하여 고철로 팔 사업을 진행했어요. 그런데 그해 폭우와 해일로 고철선박은 바다에 가라앉아 엄청난 손해를 입혀 더 이상 회사에 있지 못해 사직서를 썼답니다.

사직서를 쓴 후 딴 일자리를 찾고 있었는데, 예상치도 못한 한 단계 높은 자리 해외 지사장으로 발령이 난 이야기입니다. 회사 경영자는 이 사람이 비록 실패한 사업을 진행했지만, 그간의 노력과 그 열정적 마인드가 좋고, 장래엔 더 큰 일들을 할 수 있겠다는 확신이 섰던 것입니다. 열정적인 사람, 도전적인 사람, 이런 사람이 직장에서 꼭 필요한 사람입니다.

오늘 강의 유익했나요? 교안이 있는 것도 아니고 제가 이제껏 직장생활하면서 느낀 점, 이렇게 하면 좋겠더라! 싶은 것들을 정리해 봤습니다. 여러분들도 남보다 1% 다르게 생각하고 행동하여 성공한 직장인이 되길 바랍니다. 감사합니다.

제3열차

회사는 어느 날 나를 버린다

S-train : 남도해양열차

영남과 호남을 연결하는 경전선을 타고 남도여행을 할 수 있는 열차다. 남쪽의 동백꽃, 거북선, 학을 주제로 디자인되었다. 다례실이 있다.

* 매주 월요일 운휴, 부산 → 진주 → 보성까지 운행하는 열차와 서울에서 서대전을 거쳐 순천 여수엑스포까지 가는 열차가 있다.

1. 부산역 앞 복숭아꽃이 제일 먼저 핀다
2. 김진율 선임장 발령 축하합니다
3. 고향친구가 좋다(소곡초등학교 친구)
4. 손우성 팀장 수고하셨습니다(송별회)
5. 반극동 연산역 명예역장
6. 초량이바구길 안내표지판

내시경

2014. 10. 28

미루고 미루다 막판이 돼 건강검진을 받았다. 아침 일찍부터 한다기에 일어나자마자 갔더니 7시가 조금 넘었다. 이른 시간인데 벌써 내 앞에 51명이나 대기하고 있었다. 10시에 회의가 있어 그전에 부지런히 받으려고 다녔더니 9시 조금 넘어 끝이 났다. 이렇게 빨리 끝날 수 있었던 것은 센터의 직원들이 진행과 운영을 잘한 덕분도 있지만 위내시경을 수면으로 하지 않고 일반으로 했기 때문이다.

수면내시경엔 줄이 약간 길게 서 있었지만 일반은 딱 한 명뿐이었다. 3~4분의 고통인데 그걸 못 참아 수면으로 한다는 게 내 맘에 거슬렸기도 하지만, 참을 때까지 참아 보려는 것이다. 2분 정도가 지났을 때 "들이쉬고, 내쉬고."하는 소리 대신 "잠깐 용종이 있어 떼어내고 가겠습니다." 그 소리에 갑자기 더 아프고 고통스러웠다. 나중에 사진으로 확인하니 용종이라기보다 작은 흠집 같았다.

위내시경은 참 용하다. 이것이 없었더라면 그곳의 용종도, 위벽의 상태도 전혀 알 수 없을 텐데. 속을 들여다보는 기계는 정말 잘 나온 것 같다. 그걸 보면서 몸속 작은 흠집까지 들여다보며 사전에 조치를 취할 수 있는데, 마음속의 용종을 들여다볼 수 있는 기계는 왜 없을까? 하고 생각해 본다. 이 시간에도 마음이 아픈 사람은 수도 없이 많을텐데.

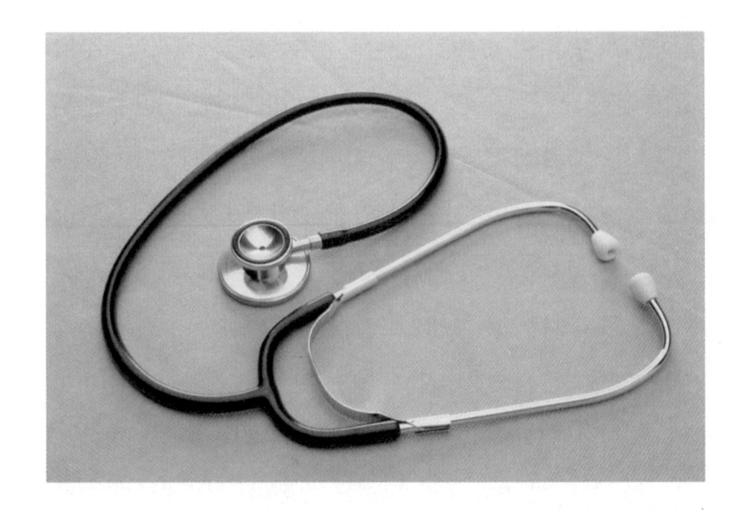

속내

2014. 10. 27

사람들은 기분이 좋거나 울적할 땐 술 마시기를 좋아한다. 나 또한 마찬가지다. 술이 들어가면 솔직해지곤 한다. 그만큼 사람은 자기감정을 억제하고 살아가며 감정보다 이성으로 대한다. 솔직하게 말하면 속내를 드러내지 않으려 한다. 나도 매일 아침 상사나 직원들에게 하고 싶은 말을 참고 있지 않은가? 또 집에서도 마찬가지 아닌가? 모두가 비슷할 것이다. 우리는 약간의 가식으로 살아가며 겉이 속과 같을 수는 없다.

드라마나 행사의 대부분은 미리 짠 각본에 의해 움직이는데 그것을 보는 사람들은 잘 모른다. 난 리얼한 '전국노래자랑'이나 '강연100도씨'처럼 아마추어가 나오는 프로를 좋아한다. 그나마 솔직한 자기감정을 볼 수 있으니깐.

어제 '강연100도씨'에서 본 화상 입은 스케이트 강사 송혜정 씨의 '있는 그대로'란 강연이 내 마음을 울렸다.

사건

2014. 10. 25

세월호 참사가 난 지 6개월. 반년이 지나 벌써 잊혀 가고 있고, 판교 환풍구 사고가 난 지 며칠이 지났다. 아무 잘못도 없는 멀쩡한 생사람 16명이 하루아침에 생을 마쳤다. 물론 이런 충격적인 사건을 들을 때마다 방송에 나오는 뉴스 정도로 듣는다. 시간이 지나면 우리들 머릿속에서 지워지고 언제 그런 일이 있었는지 기억에서 희미해진다.

서울에 올라와 3년이 되던 1995년 3월 어느 날, 새벽 두 시쯤에 전화벨이 울렸다. 울먹이는 조카의 음성에서 청천벽력 같은 소리를 들었다. 여동생이 늦은 귀갓길 집 앞 횡단보도에서 뺑소니차에 치여 숨을 거두었다는 것이다. 2010년엔 아버지가 돌아가시고 같은 해 봄, 형님께서도 암 진단 5개월 만에 세상을 떠나셨다. 비슷한 이야기를 들을 때마다 대수롭지 않은 남들의 이야기인 줄 알았는데 우리 가족의 이야기가 돼 버렸다.

어제 오후 늦게 아내에게 전화가 왔다. 그동안 장모께서 척추 골절이 반복돼 계속 입·퇴원을 반복했었는데, 병원에서 혈액검사 결과 혈액종양이 의심된다는 것이다. 전혀 예상치 못한 일이라 당황스럽기만 했다. 남의 이야기로만 여겼던 소식과 뉴스가 나의 일이고 내 가족의 일이 될 수 있음을 다시 한 번 깨닫게 하는 순간이다.

* 장모께서는 치료를 하여 현재 완치되었다.

송별사

2014. 10. 20

오늘 일기예보에 비가 온다고 하더라. 아침에 일어나자마자 창문을 열어 손을 뻗어 보니 빗방울이 약하게 떨어졌어. 우산을 안 쓰고 걸어갈 수 있다고 판단하여 집을 나섰지. 그런데 중간쯤 오니 빗방울이 굵어지면서 소낙비가 돼 버렸지. 중간에 비를 피할 수 있는 곳이 없어 겨우 대한통운 건물 안으로 달려갔지. 추녀가 널찍하여 비를 피할 수 있었어. 딱 1분 정도였는데 비는 소강상태가 되었지만, 이미 난 물에 젖은 허수아비가 된 상태였어.

'소나기가 오면 피하라'는 말이 있는데 워낙 빨리 변하여 오늘 아침은 피할 새도 없는 상황이었지. 살다 보면 이런 소나기를 가끔 맞을 때도 있지. 사실은 이번 인사는 5년 이상 한자리에서 근무한 사람이 적용돼 우리 방에 딱 두 사람이 해당되었지. 현장으로 나갈 선임장을 네 명이나 뽑아놓았기 때문에 충분하다고 판단했지. 그런데 여기 계신 팀장들이 모두 보내기 어렵다고 엄살을 피웠어. 그만큼 여러분과 더 오래도록 함께 있고 싶어 했지. 그러던 중 손 팀장 본인이 가겠다고 불쑥 나온 거야. 몇 번 말할 때까지 묵살했는데 다음달이면 본부 근무 10년이란 소리에 승낙하고 말았지.

조금 아쉬운 것은 나만이 아닐 거야. 조금 더 기다렸으면 딱 1분 만에 소나기 그친 것처럼 피해 갈 수 있었는데. 내일 모레면 내가 부산 온 지 300일인데, 큰 불편함이 없었던 것은 모두 손 팀장 덕분이었지. 총괄부서는 자기 전공 일이 없이 모두를 살피고 조직이 잘 돌아가게 하는 일을 하니까. 손 팀장이 그 역할을 잘했다는 것을 여기 있는 우리는 잘 알아.

이 비가 그치면 세상은 깨끗해지고 계절은 변하고 수목은 자라고 단풍도 빨라지겠지. 그래서 소낙비는 맞아야 하는 거야. 변화는 그렇게 시작되는 거니깐. 변화할 때는 좀 더 크게 변하는 게 좋지. 우산을 준비해도 큰비엔 옷이 젖듯이 상황이 되면 모두가 순리에 응하며 사는 것이 사람살이지. 딱 한마디만 더 한다면 여기 플래카드에 적었듯이 "함께 근무하는 동안 두 분 때문에 행복했습니다."

* 내일자로 발령이 나서 떠나가는 손우성, 강신열 두 사람에게, 아쉬운 마음을 담아 몇 자 적었습니다.

패자부활

2014. 10. 17

“내가 못 먹을 땐 트는동점 게 제일 좋더라. 하하.” 골프에서 내기를 하다 보면 돈을 딸 때는 기분 좋지만, 완전하게 못 먹을 판인데 뽑기를 잘하거나 상대 짝을 잘 맞추어 어느 편도 못 먹고 동점이 되는 경우가 있다. 그때가 제일 기분이 좋은 것은 골프내기를 해 본 사람은 다 안다. 다음 판에 내가 먹을 확률이 생길 수 있기 때문이다.

보통 패자는 기가 죽어 있는 것으로 짐작한다. 며칠 전 인터넷을 달군 사진 한 장이 있었다. 초등학교 운동회 때 몸이 불편하여 꼴찌를 할 게 뻔한 친구를 위해 다른 친구들이 어깨동무를 하여 다 같이 결승선을 들어오는 장면이었다. 꼴찌를 배려한 이 사진 한 장 때문에 많은 사람들이 가슴 훈훈해했다.

‘충분한 자격을 갖췄으나 선발해 드리지 못해 미안하게 생각합니다.’ 선임장 자격 선발을 하고 나니 떨어진 직원들이 먼저 생각나 문자 한 통씩 보냈다. 그리고 함께 근무하고 있는 직원들을 불러 박수를 쳐 주었다. ‘이제부터 패자부활전입니다.’ 다시 힘내십시오!

계산

2014. 10. 16

일어나자마자 장갑을 찾았다. 모자도 찾아 덮어쓰고 집을 나섰다. 바람이 약간 불고 기온이 차다. 다른 곳보다 4~5도 높은 부산이 내게는 아직 초겨울 기분인데 외투를 입고 나온 사람들이 있는 것을 보니 계절의 변화를 실감한다. 부산사람들은 이 기온이 차다고 느낀다.

부산역으로 걷고 있는데, 모 택배 회사 앞에 가득 쌓인 것이 있어 걸음을 멈추어 보니 내년 달력이다. 큰 트럭 두 대 분량의 캘린더가 벌써 나와 배송을 하고 있는 것이다. 시간은 그렇게 후딱 지나가고 있다. 부산역을 돌아 되돌아오면서 계산해 보니 올해도 딱 75일이 남았다.

365-290=75 계산이 나온다. 290일이 지났고, 남은 게 75일이다. 아무것도 아닌 일상이지만, 계산을 하고 숫자로 나타내 보면 의미와 느낌이 달라진다. 아파트에 도착하니 내 앞에 부부가 운동 나왔다가 들어가는 중인데, 내가 출입문 비밀번호를 누르니 잽싸게 달려와 문을 열어 준다. "고맙습니다. 감사합니다." 인사하니 반갑게 웃어 준다. 오늘도 알찬 하루가 되길.

먼저

2014. 10. 15

퇴근길에 저녁 식사를 하고 집으로 가는 길에 휴대폰을 열어 보니 부재중 전화 한 통이 찍혀 있었다. 아내 전화였다. 재다이얼을 눌러 "무슨 일 있는가?" 물었더니 "신랑 목소리 듣고 싶어 전화했지."란다. 듣기 싫은 소리는 아니었지만, 난 아내에게 그런 식으로 전화를 한 적이 있나? 생각해 보니 꼭 용건이 있을 때만 한 것 같다.

먼저 한다는 것은 결코 쉬운 일이 아니다. 내가 먼저 할 때 상대가 응대하는 게 보통이다. 항상 먼저 하는 사람은 주는 것에 비해 되돌려 받는 것이 적다. 문자 인사도 먼저 해 보면 모두에게 답을 받지 못하지만, 마음은 따뜻하다.

오늘도 내 카톡에는 예닐곱 명으로부터 좋은 글이나 사진이 왔다. 페북과 카카오스토리에 '좋아요' 댓글이 찍혔지만, 일일이 답하지 못했다. 내가 먼저 다른 사람들의 글에 댓글을 달거나 '좋아요'를 꼼꼼히 챙겼는지 되돌아보게 한다. 먼저 호의를 보내는 것, 먼저 인사하는 것, 먼저 주는 것, 먼저 반응하는 것은 소통의 제일 덕목인데도 말이다.

길게 짧게

2014. 10. 14

어제는 부산에 비가 내려 걷기운동을 할 수 없었다. 하는 수 없이 점심때 부산역 1층과 2층 맞이방을 오가며 걸었다. 20여 분을 걸으려면 왔던 길을 몇 번이고 반복해야 했다. 짧은 거리지만, 이렇게 하면 더 긴 시간을 소모하며 걸을 수 있어 효과적이다.

한땐 조직을 팀 단위로 바꾸는 게 유행이었다. 부장도 팀원이고 차장은 물론, 과장 대리까지 똑같은 팀원이었다. 조직의 의사결정을 빨리 할 수 있도록 결재라인을 단순화한 것이 제일 큰 효과였다. 짧고 빠른 것은 여러모로 이득이 많다. 시간이 절약되고 그에 따른 비용도 줄어든다. 며칠 전 운동화를 인터넷으로 구매했는데, 결제하다 보니 해외 직구 대행판매였다. 잘 배달될까 걱정을 했는데 20여 일이 걸려 어제 정확하게 받았다. 제품도 만족스러웠다.

요새 해외 직구가 유행이고 트렌드다. 유통구조를 단순화한 것이 더 많이 작용된 것 같다. 우리 철도에 중간 입환을 줄이고 열차단위로 직통 운행하는 브랙트레인 화물운송체계가 이와 비슷한 것 같다.

활력

2014. 10. 13

10여 년 전 오송에 근무할 때 옥산에 있는 허름한 식당을 자주 찾곤 했었다. 그 집은 원래 나무를 켜는 제재소였는데 건물은 그대로 두고 내부만 일부 개조하여 삼겹살을 파는 식당이다. 안엔 커다란 난로빼치카를 설치해 두었고, 군대 침상처럼 마루를 깔아 방을 만들어 식탁을 놓았다. 천정고가 높아 시원스럽기도 했지만, 주인아줌마의 친절로 손님이 꽤 있었다.

그땐 대수롭게 보지 않았는데 요즘 부산에 와서 한국의 마추픽추라는 '감천문화마을'과 부산역 앞 '초량 이바구길'을 다녀 보면서 새로운 것을 느꼈다. 낡고 오래된 것, 비좁고 험한 곳, 용도가 쓸모없어 폐기해야 할 것들도 달리 보면 쓸모 있고 오히려 새로운 볼거리와 이색적인 문화가 된다는 것을.

주말에 대전으로 가는 길에 열차 안에서 읽은 '영국의 빈 건물 활용법'이란 기사를 보며 다시 한 번 생각의 차이가 변화를 이끈다는 것을 느낀다. 영국 런던의 빈 건물 활용을 위해 정부에서 임대료를 지원했더니 젊고 가난한 예술가들이 모여들어 작업 장소로 사용하면서부터 사람이 몰려들어 활성화되었고, 커뮤니티가 형성되면서 건물 가치도, 임대료도 올랐다 한다. 어제 저녁에 방송된 '강연100도씨'에 왕년에 교장, 교수까지 하셨던 나이 팔순의 어른이 지하철 택배 일로 건강도 찾고 삶의 활기를 찾고 있다는 이야기를 하셨다. 쓸모없는 것은 하나도 없다. 단지 생각이 짧기 때문이다.

끝

2014. 10. 11

군 생활을 막 시작했을 때 처음 배치된 부대의 소대장은 육사를 나온 분이셨다. 뭐든 최고로 잘해야 한다는 게 그분의 신념이었다. 수시로 "난 군대 생활 40년 할 사람입니다."라고 말하곤 했다. 정년퇴직까지 근무하기 위해 더 잘해야 한다고 말했었다. 그땐 이런 분과 근무하려면 참 힘들겠구나 생각했는데 지금 생각해 보니 마지막 기간을 정해 놓았다는 것이 남달랐다.

철도생활 30년을 넘기고 이제 4년이 조금 모자라 퇴직해야 하는 시점이 돼 보니 약간은 초조하고 두렵다. 퇴직 후에 또 뭘 해야 하나? 고민도 된다. 대부분 사람들은 정해진 시간과 기간이 있는데 그걸 못 느끼고 살아가고 있다. 어떤 행사나 정년, 임기는 정해져 있지만, 정해지지 않은 것도 많다. 어떤 곳에 발령을 받아 근무하는 것이 그렇다. 사람의 목숨도 비슷하다. 예측은 가능하지만, 정해져 있지 않아 초조감이 덜하다. 그러나 결국 끝은 항상 있다.

주초에 친한 친구가 갑자기 세상을 떠났다는 통보를 받았고, 어젠 큰댁 형수께서 돌아가셔서 각각 문상을 다녀왔다. 직장에선 몇몇 본부장의 발령이 있었다. 오늘의 끝은 오늘밤 자정이고, 이달의 끝은 31일인데, 아직 20일이 남았다. 올해도 81일이 남았다. 끝을 알기에 셈이 되지만, 우린 끝을 의식하지 못하고 살아간다. 항상 끝은 있다. 끝날 때 후회가 없으려면 이 순간에 더 충실해야 한다.

스카우트

2014. 10. 2

몇 년 전 서울의 명문고인 용산고등학교의 동창회가 열렸다. 거기서 제시된 내용은 최근 용산고등학교 졸업생 중 서울대 입학자가 없어 이에 맞는 대책을 논의하는 자리였다고 한다.

논의 결과 강남의 우수한 3학년 학생들을 용산고로 전학시키는 조건으로, 동문회에서 몇억 원대의 막대한 스카우트 비용을 지불하겠다는 선배들의 제안이 있었기 때문이라고 했다.

며칠 전 신문에 흥미로운 기사가 났었다. 강남의 주요 건물주들이 소문난 맛집을 자기 건물 1층에 임대료를 저렴하게 주고 유치하고 있다는 것이다. 유치한 맛집 덕분에 건물이 살아나면서 건물의 가치 또한 올라가기 때문이다. 일본에도 이런 경우가 있다고 한다. 전체가 미용실인 테마 건물 1층에 유명 점집을 공짜로 입점시켜 미용실 고객 유치에 도움을 받는다고 한다.

이런 사례는 사람도 마찬가지다. 근래 들어 스카우트는 운동선수뿐만 아니라 영업을 잘하는 영업맨을 수억 원 들여 스카우트하는가 하면 유명 연예인의 이름만 빌리기도 한다. 대전역의 성심당의 경우 입점하지 않겠다는 것을 몇 번씩 찾아가 사정사정해서 입점을 시켰는데 대박이 났다. 오늘 부산역에 입점한 부산어묵의 원조 삼진어묵도 같은 사례가 될 것으로 기대해 본다.

다수

2014. 10. 1

수도권에 근무할 때 가장 곤혹스러운 것은 열차장애나 사고로 전동차 운행에 지장을 줄 때였다. 수도권 전동차는 하루 300만 명이 이용하고 어느 한 곳에서 작은 장애라도 나면 연쇄적으로 열차가 지연돼 수도권 전체 교통이 아수라장이 된다.

그래서 수도권은 단 한시라도 긴장을 풀면 안 된다. KTX가 우리 코레일의 주력상품이고 주 수입원이지만, 장애 사고로 인한 파장은 언제나 수도권 전동차가 더 크다. 이용자가 많기 때문이다. 모든 것은 숫자가 많은 것에 따라 움직인다. 정치는 필히 숫자가 많은 쪽을 따라간다. 그들의 당락이 유권자의 손에 달려있기 때문이다. 최근 공무원연금법 개정으로 100만 공무원들이 뿔이 났다. 그러나 전체 국민으로 볼 때, 숫자가 많은 쪽은 일반국민이다. 2014년 8월 19일에 타결된 416특별법세월호특별법도 똑같다. 지지하는 쪽수가 많은 쪽으로 갈 수밖에 없다. 다만, 약자와 소수를 보호하고 존중해야 하는 것이 고려돼야만 한다.

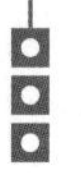

4층

2014. 9. 26

우리 사무실을 오려면 부산역 나가는 곳 2번 통로로 들어와 4호기나 5호기 엘리베이터를 타고 5층으로 오면 된다. 그런데 1층에서 엘리베이터를 타면 대체로 세 부류의 사람들이 탄다. 기차를 타는 승객은 2층으로 가고, 승무원들은 4층으로, 코레일 직원들은 5층으로 간다.

어제도 마찬가지로 엘리베이터를 여승무원 두 명과 같이 타게 되었다. 내가 재빨리 4층 버튼을 눌러 주니 고맙다고 인사를 하였다. "예쁜 사람들은 모두 4층으로 가시더라고요." 하며 답했더니 얼굴색이 더 환해졌다. 4층에 도착해 엘리베이터 문이 열리자 나가면서 "좋은 하루 되세요"라고 인사를 하였다.

만일 내가 승무원들이 탔을 때 그냥 가만히 있었더라면 본인들이 4층 버튼을 누르고, 아무 대화 없이 그냥 타고 내렸을 것이다. 단지 버튼 한 번 누르고 '예쁜 분들은 4층으로 가시더라'고 했을 뿐인데 결과가 180도 달라졌다. 하루의 시작이 즐거웠다. 엘리베이터 버튼 한 번 눌러 주는 것, 아주 쉬운 일이다.

젊은이

2014. 9. 22

점심을 먹고 나면 부산역 광장 분수대를 대여섯 바퀴씩 도는 것이 내 일과 중의 하나다. 그때마다 보게 되는 장면은 부산역에서 나온 승객들 대부분이 역을 배경으로 사진을 찍는 것이었다. 자원봉사를 한다면 여기서 사진 찍어 주는 봉사를 하고 싶다는 생각을 했었다. 그런데 언제부터인가 혼자서나 연인끼리 셀카봉이란 막대기를 쭉 빼들어 사진을 찍는 걸 보고 과연 저 사진이 잘 찍힐까? 저렇게 남에게 부탁 한 번 하는 게 어려울까? 하는 생각을 했다.

어제 남포동에 갔다가 지하상가에서 케이스를 사는 김에 셀카봉까지 샀다. 과연 잘 작동될까 싶어 지하철 안에서 쭉 빼내어 찍어 보니 아, 이게 잘 찍히기도 하지만, 야릇한 쾌감까지 있지 않은가? 며칠 전에 신문에서 본 문구가 생각났다. '나는 찍는다. 고로 나는 존재한다.' 그 말이 딱 맞는 듯했다.

셀카봉 시험을 끝내고 케이스를 바꾸어 보니 덮개에 신분증, 카드를 끼울 수 있게 돼 있지 않은가? 지갑과 명함수첩을 갖고 다니는 불편함이 있었는데, 명함수첩을 없앨 수 있었다. 역시 '젊은이를 따라 하면 세상을 읽을 수 있다'고 하였는데, 그 말을 실감할 수 있었다. '돈을 벌려면 강남아줌마를 따라 하면 되고, 세상을 편하게 살려면 젊은이를 따라 하면 된다.' 오늘은 뭘 또 따라 해 볼까?

긍정

2014. 9. 17

지난번 직원들 교육 때 보여준 동영상에 이런 것이 있었다. 유치원 아이에게 눈을 감기고 공을 던져 3미터 앞 바구니에 넣는 실험인데, 엄마가 앞에서 코치를 하는 것이다. 그런데 똑같은 아이인데도 엄마의 말에 따라 결과가 크게 달랐다. "아니야, 오른쪽이야, 왜 그쪽으로만 던져, 더 멀리 던져야지!" 또 다른 엄마는 "옳지, 잘했어! 조금 더 멀리, 응 그래, 그곳이야."

긍정적으로 말한 엄마의 공 바구니는 부정적으로 말한 엄마의 바구니보다 배 이상 많이 담겼다고 한다. 아침에 본 KTX-seri ceo 자료를 보면 비슷한 것을 느낀다. 영국 어느 병원에서 특이한 질병이 발병했는데 전체 600여 명 중 400여 명이 죽으며, 또 다른 하나는 600명 중 200명이 산다고 하면 어느 쪽을 선택하겠느냐고 했을 때 첫 번째 쪽은 72%, 두 번째 쪽은 28%가 선택했다고 한다.

며칠 전, 이바구길 김민부 전망대에서 안내문을 보고 마음이 씁쓸했었다. "경고문, 이곳은 여러 사람이 이용하는 시설물이오니 담배꽁초,

가래침, 쓰레기를 투척하지 맙시다." 다운된 마음으로 돌아 내려오던 중 간판을 보고 환하게 웃을 수 있었다. 애완견 가게인데 간판제목이 '사랑해줄 개'였다.

아내

2014. 9. 16

일요일 밤 에비앙마스터즈 LPGA메이저대회는 밤잠을 설치게 하였다. 첫날부터 10언더파를 쳐서 세계를 놀라게 한 김효주 선수는 그날도 1위로 스타트했지만, 호시탐탐 1위를 노리던 카리웹이 16번 홀에서 역전을 했다. 그러나 김효주는 마지막 홀에서 꽤 먼 거리의 버디퍼터를 성공시켜 극적으로 일등을 하였다.

오늘 아침 신문을 보니 정작 김효주는 그 퍼팅으로 우승했다는 사실을 몰랐다고 했다. 옆에 있던 캐디 고든로완이 알려 줘서 알았다는 것이다. 그만큼 경기에 몰입했기에 1등 하는 줄도 몰랐다는 것이다. 아마도 이 퍼팅이 우승 퍼트란 사실을 알았더라면 과연 공을 넣을 수 있었을까?

또 하나 재밌는 사실은 김효주는 전용캐디가 없다는 것이다. 이번에 프랑스로 떠나면서 2년 전 이 대회에 출전할 때 골프백을 맨 고든 로완을 다시 찾아 짝을 이루었다. 고든 로완은 올해 캐디 일을 그만두고 다른 일을 하다 김효주의 요청에 알바 삼아 뛰어온 것이다. 김효주는 우승의 1등 공신은 캐디인 고든 로완이라고 했다.

'은퇴한 사람들이 후회하는 10가지'란 기사를 보면 '아내를 상전으로 모셔라'란 대목이 있다. 모두 애인을 구하려 하지만 정작 은퇴 후엔 아내가 최고란다. 노후에 '인생우승'을 하려면 그동안 함께하여 내 사정을 속속들이 알고 있는 아내를 편안하게 해 줘야 한다고 한다. 김효주의 캐디처럼.

교황님

2014. 9. 15

지난번에 친구가 보내 준 카톡메시지 중에 꽤 재미난 게 있어 소개한다. 어느 신부님이 죽어서 하늘나라에 갔다. 하늘나라 식당에서 밥을 먹으려고 앉아있는데 아무리 기다려도 주문을 받지 않자 왜 주문을 안 받느냐고 화를 냈다. 그러자 종업원이 "예 신부님, 여기는 셀프입니다."라고 말했다.

신부님이 둘러보니 저쪽에는 사람들이 주문도 받고 서빙도 해 주는 게 아닌가. 그래서 신부님이 왜 저 사람들은 해 주냐고 물었더니

"저 분들은 평신도들입니다. 신부님은 세상에서 대접을 많이 받고 살았으니 여기선 셀프이고, 평신도들은 세상에서 많이 봉사했으니 여기선 대접받습니다." 그 말을 들은 신부님이 창피해서 아무 말 못 하고 가만히 생각해 보다가, 그럼 얼마 전 교황님도 돌아가셨는데 그분은 어디 계시냐고 물어봤다. 그러자 "예, 교황님은 지금 배달 가셨습니다."라고 했다.

부산역 인근에 된장비빔밥으로 꽤 유명한 '문출래' 식당에 갔더니

주인아주머니만 있고 종업원 아지매가 안 보였다. 어디 갔냐고 물었더니 주인 왈, "오늘 영화 명량 보러 가라고 영화표 사서 하루 휴가 내 주었습니다." 한다. 주인이 종업원을 위해 이 정도 한다면, 상사가 아래 직원을 위해 차 한 잔 타 준다면 나중에 죽어서 배달가지는 않으려나. 갑은 항상 갑이 아니다. 시간이 지나면 갑도 을이 될 수 있고, 을 역시 갑이 될 수 있다.

문출래식당은 부산역앞 첫 번째 골목 삼성생명빌딩 뒤 지하에 있으며 된장비빔밥 맛집으로 유명하다. 6,000원 단일매뉴 ☎051-469-9609

마케팅

2014. 8. 30

우리말에 '공짜라면 양잿물도 마신다'.라는 말이 있다. 공짜라는 것이 꼭 좋지만은 않다는 뜻을 담고 있다. 그러나 이런 공짜심리를 잘 이용하여 기업체에서는 마케팅 전략으로 사용하기도 한다.

마트에서 판매원들이 큰 소리로 홍보하는 것을 보면 1+1상품이 많다. 공짜 심리를 이용한 상술이지만, 소비자 입장에선 기분 나쁘지 않다. 며칠 전 식당에 갔다가 옆자리에 앉은 사람들의 이야기를 듣게 되었다. "난 한 사람만 나온 줄 알았는데 두 분이 나오셨네요?" 그러자 상대가 "우린 항상 이렇게 1+1이에요." 한다. 사람도 이제 1+1으로 통한다는 것에 헛웃음이 나왔다.

하나를 샀는데, 하나를 원했는데 둘을 얻었다는 것은 기분 좋게 한다. 벌초하러 가는 길에 본 신문 기사가 눈에 확 들어왔다. '집 두 채 받는 1+1 불붙었다.' 재개발 추진이 시들해진 요즘 큰 평수 대신 소형 두 채를 원하는 방식이 성공을 거둔다는 이야기다. 이런 1+1 마케팅은 기분 좋은 플러스다. 또 어디로 번져 갈까?

핵심

2014. 8. 6

"영화 '명량'과 요즘 한창 인기 있는 포항 소맥이모의 공통점은 뭐가 있나요?" 하고 물었더니 "회오리요." "소문난 잔치에 먹을 것이 없다." 라는 답이 왔다. "다 맞는 말인데 난 상대방을 아느냐, 모르느냐가 핵심이 아닐까 생각합니다. 영화 '명량'에서 핵심은 '두려움'인데 아군에게는 두려움을 이기는 것이고 적군에게는 두려움이 생기도록 하는 것이지요."

아침 티타임에 직원들과 이야기한 내용이다. 영화 '명량'은 이순신이 임진왜란에서 330척의 왜군의 배를 12척으로 물리친 전투를 영화한 것인데, 영화에서 아군의 두려움을 이기는 방법으로 첫째, 도망가는 병사를 단칼에 목을 베어버리는 것과 전투에 나서기 전에 막사를 불태워버리는 것. 그리고 전투 중에 정씨 여인이정현을 비롯한 주민들이 치마와 깃발을 흔들어 사기를 돋우는 것이다.

반대로 적군 대장 구루지마류승룡의 목을 베어 배의 돛 꼭대기에 달아 놓음으로써 적군에게는 두려움을 주었다. 모두 '두려움'을 어떻게 이기느냐, 또는 두려움을 갖게 하느냐가 승패에 영향을 끼친다. 포항 소맥이모 또한 손님이 뭘 원할지를 살펴 상대가 원하는 핵심을 터치해 주기 때문에 가능했을 거라 생각한다.

일이나 장애 사고를 처리하는 데 있어, 모두 핵심을 아느냐 모르느냐가 정말 중요하다. 특히 리더는 벌어진 상황의 핵심을 짚을 때 함께 있는 직원들이 쉽게 일하고 끝낼 수 있다. 핵심을 파악하는 능력은 모든 것에 필요하다. 의사가 정확한 진단을 하는 것, 기업이 소비자의 입맛에 맞는 제품을 생산해 내는 것, 정치인들이 국민이 원하는 것이 무엇인가를 아는 것. "한 사람이 길목을 지키면 천 명도 두렵게 할 수 있다." 란 이순신의 대사가 생각난다.

콩나물

2014. 6. 24

직원들을 위한 강의를 요청 받을 때마다 내가 첫 번째 PT자료로 띄우는 것은 거울과 콩나물이다. 여자가 남자보다 예쁜 이유 중에 하나는 여성들은 초등학교 4~5학년이 되면 손거울을 준비해 늘 자신의 얼굴을 보면서 예쁘게 가꾸기 때문이란다. 그렇게 나이가 들면서도 항상 예뻐지려고 화장도 하고 부단히 노력을 한다.

콩나물도 처음 콩에 싹을 틔워 시루에 넣고 하루에 5~6번씩 물을 준다. 99%는 그냥 흘러가고 단지 1%만 콩에 묻어 싹이 자란다. 보름 정도만 지나면 어느덧 콩나물로 자라난다. 비록 1%의 물이 쌓일 뿐이지만, 시간이 지나면서 큰 성장을 한다는 콩나물 이론이 강의에서 기대하는 효과다.

일상에서의 지루함에 사무실을 비워 놓고 나들이 삼아 서울에 온 교육이 나를 깨워준다. 늘 지나치던 서울 동작동 국립묘지를 둘러보는 의미도, 오랜만에 전국에서 모인 낯익은 얼굴들을 보는 것도. 국립묘지 야외에서 먹었던 도시락도, 오후에 인재개발원에서 들은 두 교수의 강의도, 열차 안에서 푸른 6월의 강산을 보며 조금 쉬어 보는 것도, 모두 콩나물처럼 아직 덜 찬 나를 자라게 하는 진한 하루였다.

부산만원

2014. 5. 6

어린이날과 석가탄신일 연휴가 겹쳐 부산은 완전 만원이고 대박이다. 어젠 부산역 맞이방이 인산인해를 이루었고, 좌석 발매 안내 전광판엔 입석까지 매진이다. 저녁에 자갈치시장에 갔더니 식당마다 사람들이 가득 차 음식이 다 떨어져 자리만 겨우 잡을 수 있는 상황이었다. PIFF 거리 노점상마다 줄이 길게 늘어서 있어 호떡 하나 사 먹으려는 것까지 포기를 했다.

택시를 탔더니 택시 운전기사 분이 “부산시내 전체가 이렇게 혼잡하긴 처음인 것 같다.”고 했다. 어린이날 연휴 부산은 정말 만원이다. 매일 이렇게 왁자지껄한 부산이었으면 참 좋겠다. 철도도 수익을 올리고 부산경제도 좋아지고.

사람이 북적이면 더불어 경제도 돈다. 사람 사는 집엔 사람이 와야 하고, 잔칫집이나 초상집에도 사람이 모여야 한다. 우리나라 인구가 2030년부터는 줄어들기 시작한다는데 큰 걱정이다. 직장에서도 인기 있고 존경받는 사람 주위에는 늘 사람이 북적인다. 내 곁엔 사람이 있나 뒤돌아보게 한다.

회사는 어느 날 나를 버린다

강의 2012. 7. 9

오늘은 나이가 어느 정도 있는 분들이 많아 이런 제목으로 강의하게 되었습니다. 정말 열심히 일했는데, 아직 더 일하고 싶은데, 어느 누구 예외 없이 정년이란 틀 때문에 회사에서 나가야 합니다. '회사가 날 버린다.' 좀 듣기 싫지만 이것은 참이고, 내게도 여러분들 모두에게도 적용됩니다. 제 소개는 여기 이 화면으로 대신하고 강의를 진행하겠습니다. 이벤트 때나 정답 순위를 결정할 때 보통 마지막에 1등이나 최고를 발표하지요. 그래서 저도 뒷자리 번호부터 해 보겠습니다.

7. 인간은 사회적 동물, 그러나 나이가 들면

제가 오송고속철도전기사무소에 근무하고 있을 때 박재영 선배께서 소장으로 계시다 명예퇴직을 하시고 우송대 교수로 가셨습니다. 그러고 나서 몇 달 후 저녁 식사를 함께 한 적이 있는데 그때 이런 말씀을 하셨습니다.

"철도에 근무할 땐 몰랐는데 학교에 가 보니 점심때 점심 같이 먹으러 가자는 사람이 있나, 퇴근 시간이 돼도 누구 하나 같이 가자 하는 사람도 없어 정말 혼자란 생각이 들어 처음엔 적응하기 힘들었지. 이제 조금 적응하고 있어요." 퇴직 전, 선배에게 혼자 노는 것을 많이 연습하고 인터넷 서핑도 해 보고 혼자 식사하는 것에 익숙해져야 한다고 말씀을 드렸었다.

그렇습니다. 인간은 사회적 동물이라 혼자 살 수 없다고 합니다. 그러나 이는 왕성한 활동을 할 수 있을 때 말이지, 은퇴를 하거나 나이가 들면 점점 활동반경이 좁아져서 결국 남는 것은 혼자입니다. 그래서 은퇴 전에 배워야 할 것 중에 혼자 놀며 지내는 것이 제일 중요한 것입니다.

저는 책을 읽는 것이나 인터넷을 즐겨하는 것을 추천합니다. 어떤 분은 블로그를 만들어 자신만의 자료를 쌓아서 네티즌과 소통하는 사람도 있습니다. 등산이나 낚시 등은 혼자서도 갈 수 있어 좋습니다. 가급적 돈이 적게 드는 것이 금상첨화입니다.

6. 호랑이는 가죽을 남기고 사람은 이름을 남긴다

아직 퇴직도 꽤 많이 남았고 직장에서 열심히 일하시니 이런 생각을 안 하실 겁니다. 인간의 수명은 한정돼, 일정기간이 지나면 직장에서는 퇴직을 하고 더 나이 들면 생을 마치게 됩니다. 영원히 사는 사람은 아무도 없습니다. 죽을 때가 되면 반성하게 되고 죽고 나면 아무것도 없습니다. 다만 남는 것은 이름뿐이지요. 그래서 사람들은 나이가 들면 자서전을 내기도 하고 가족 사진첩을 만들어 자식들에게 물려주기도 합니다.

지난번 모 방송국에서 캐나다 '허시'형제 이야기를 본 적이 있습니다. '61년 만의 해후'란 제목으로 내용은 이랬습니다.

6.25참전용사인 허시 형제 중 동생 '아치 허시'가 먼저 6.25에 참전하였는데 동생을 보호하기 위해 한 살 위의 형인 '조셉 허시'가 다니던 철도회사를 그만두고 자원입대하여 한국에 옵니다. 어렵게 동생의 부대를 찾아 같은 부대에서 생활하게 됩니다. 전쟁이 치열하던 어느 날, 자신의 형이 그 전투에서 죽음을 맞게 된 사실을 알고 동생은 괴로워합니다. 형을 한국 땅 부산 유엔묘지에 안장하고 캐나다로 떠난 아치 허시는 형에 대한 미안함으로 괴로운 나날을 보내다 죽음을 맞게 됩니다. 자신을 한국 땅 형 옆에 묻어달라는 유언을 딸에게 남깁니다. 딸이 한국 기관과 협의해 봤지만 법적으로 전사자만 유엔묘지에 묻히게 돼 있어 어렵다는 답변을 듣게 됩니다. 캐나다 교민 중 상원의원 한 분이 이 사실을 알고 우리나라 보훈청에 협의를 요청하여 법을 바꾸고, 아치 허시는 사망한 지 8개월이 지나서야 마침내 부산 유엔묘지에 묻히게 되는 사연입니다.

동생은 형이 한국을 떠나기 전 캐나다에서 철도공무원으로 일하던 시절에 차고 있었던 시계를 끝까지 간직하고 있었습니다. 난 그 장면을 보면서 '아, 저것으로 감정을 공유하고 저것이 가족 간에 끈을 이어주는 유산'이라는 생각이 들었습니다. 여러분도 저도 자식에게 꼭 물려주고 싶은 것을 발굴하여 물려줄 수 있도록 합시다. 자서전도 좋지만, 기억에 남을 물품을 물려주는 것도 좋을 듯합니다.

5. 사랑하며 살아가기

나는 철도생활 32년을 하면서 과연 우리 가족을 얼마나 사랑했는지 자문할 때마다 마음이 아픕니다. 2002년도 고속철도교관요원으로 선발돼 공단에 파견 근무할 때 프랑스 SNCF에 4주간 연수를 간 적이 있습니다. 그나마 그때 가족 모두가 따라와 2주간 유럽여행을 하였습니다. 그 당시 우리나라는 주 5일제 근무는 엄두도 못 내고 있을 때였는데, 유럽은 벌써 시행하고 있었습니다.

금요일 오후만 되면 우리 가족은 시간을 내어 이태리, 로마, 스위스, 독일, 네덜란드, 벨기에, 영국을 기차를 타고 다녔습니다. 4인용 침대가 있는 밤기차를 타고 다닐 때 가족이란 느낌을 받았습니다. 그것이 내 유일한 가족해외여행이었는데 지금 생각해도 참 잘한 것 같습니다. 여러분들은 가족 모두 1주일 이상 여행을 다녀 보신 적 있나요? 시도해 보시길 바랍니다. '다음에 가야지' 하다 보면 퇴직을 맞게 되고, 또 지나다 보면 인생의 마지막에 이를 수도 있습니다.

수도권서부본부수원에서 근무할 때 한 번은 아내가 애들을 데리고 와, 관사에서 같이 잔 적이 있는데 아내의 제안으로 거실에서 함께 한 이불을 덮고 잔 적이 있습니다. 그때도 가족의 정을 공유할 수 있는 시간이었습니다. 가족이나 친구에게 손 편지 보내기, 아침마다 배우자나 자녀들에게 포옹하기, 아버지가 걷던 고향 길 함께 걸어 보기, 친구들 불러 멋지게 한턱 쏘기 등을 해 보시기 바랍니다.

철도에 근무하면서 친구들에게 기차여행 시켜 준 사람이 몇이나 될까요? 어느 정도의 금액이 지출되겠지만 철도회사에서 30년 이상 근무한다고 보면, 어느 정도 금액은 호기를 부리며 써도 되지 않습니까? 친한 친구 몇 명 불러 어깨에 힘도 한번 줘 보고 순수한 우정의 추억꺼리를 만드시길 바랍니다.

4. 외로울 땐 아내가 최고

철도라는 특수한 환경에서 자랐고, 근무했기 때문에 친구가 많지는 않지만 철도학교 같은 과 출신들과는 친하게 지내고 있습니다. 자라온 환경과 현재의 여건이 비슷하기 때문인 것 같습니다. 매년 한 번씩 정기적 모임도 하지만, 전국 어디를 가도 친구와 아는 분들이 많이 있습니다. 나이 들면서 지금보다는 조금씩 소원해져 진짜 친한 몇 명만이 남을 것 같습니다.

안양에 살았을 때 옆집 아저씨는 이전 아파트에 살면서 친해진 세 가족과 가끔 모여 식사도 하고 여행도 다닌다고 했습니다. 연령대가 비슷한 사람들로, 1년에 한 번씩은 같이 움직이며 가족같이 지낸다고요.

이러나저러나 자신과 가장 가까이 오래도록, 함께 살아갈 사람은 누가 뭐래도 배우자라 생각합니다. 시간이 지나면 부모님은 일찍 세상을 떠나실 거고, 자식들도 나이가 들면 분가하게 됩니다. 결국 어느 시점이 되면 부부 둘만이 남게 됩니다. 이런 이유로 배우자가 최고여야 하는데 대부분 그렇지 못한 것 같습니다. 나를 이해해 줄 거라는 믿음에 배우자는 순위 끝에 두는 것 같습니다. 나만 그런가요? 나중에 후회하지 마시고 휴대폰 단축번호 1번에 저장하시기 바랍니다. 휴대폰에 여러분의 사모님을 어떻게 입력해 놓으셨습니까? 전 황후라고 입력해 놓았는데, 어느 날 아내가 그걸 보고는 엄청 좋아하더라고요. 아내가 황후면 나는 무엇입니까. 당연히 왕이겠지요. 왕입니다 와앙~.

3. 송해가 가장 부러운 이유 – 재才, 재주테크

며느리가 제일 좋아하는 시아버지는 어떤 직업을 가진 분인 것 같습니까? 예상과 달리 개인택시 운전기사랍니다. 왜 개인택시 운전사인가 물어 보니 답이 이랬답니다. 아침에 눈만 뜨면 집을 나서고, 저녁에 집에 들어올 땐 현금을 갖다 주고, 하루 종일 삼시 세끼 밖에서 해결해서 그렇답니다. 이 소리 듣고 한때 나도 퇴직하면 택시운전기사나 해볼까 생각했었습니다. 생각해 보니 우린 택시 운전보다 더 좋은 기술을 갖고 있더군요. 내가 아는 분이 최근 퇴직해서 재취업을 하여 일을 하고 있는데 이런 말을 하더군요. "철도에서 근무할 땐 제복 입고 다녔던 역무원이나 기관사가 그렇게 부러웠는데, 퇴직을 하고 나니 그분들 전혀 부러울 것이 없더라, 오히려 내가 전기 분야 기술자로 근무한 것이 정말 다행이다."라고 하셨습니다.

그렇습니다. 우린 퇴직을 하면 재취업이 쉽습니다. 모두가 경력을 인정해 주는 자격을 갖추었기 때문입니다. 그렇기 때문에 퇴직 전에 관련 기술자격증 하나는 꼭 따십시오. 기술자격이 없으면 초급기술자 자격만 부여되므로, 기사자격증 하나라도 따서 고급기술자는 받아 놓기 바랍니다. 덧붙여 전기 자격증을 받으면 신호 자격증도 같이 발급해 줍니다. 두 개를 동시에 갖고 있으면 쌍방울이라고 합니다. 통신까지 가지면 트리플방울이겠지요.

요즘 송해가 제일 인기 있는 연예인이라는데, 나이 90이 넘어서까지 정정하고, 돈도 벌고 인기도 있으니 이 분 같은 연예인이 또 누가 있겠어요? 우리들은 철도에서 전기를 담당했기 때문에 인기 많은 송해 같은 전기 계통 연예인들입니다. 일반 업체엔 요즘 기술자가 부족하여 제게 사람 구해 달라고 연락이 많이 옵니다.

2. 연금 받는 부모가 대접 받는다 – 재財, 재산테크

우리 시골 옆집에는 나보다 항렬이 낮은 나이 많은 형님이 살고 계셨는데 일찍 돌아가시고 형수님만 계셨습니다. 그 집에 둘째 아들이 군복무 중 사망하여 순직처리가 돼 연금을 받으셨습니다. 자식이 순직하면 부모만이 연금 수령자가 되기 때문에 그 부모가 돌아가시면 더 이상 연금이 나오지 않습니다. 몇 년 전 그 형수께서 치매가 있고 연세가 많으셔서 병원에 장기 입원을 하게 되었는데 자식들은 걱정을 많이 했습니다. 정말 어머니가 돌아가시는 것이 애석해서 그럴 수도 있겠지만 한 달에 2백여만 원 나오는 연금도 한 이유라고 생각했습니다.

90년대 후반, 본사에서 근무할 때 일본에 있는 30대 젊은 철도애호가 한 명을 알게 됐습니다. 그분이 철도신문에 기고도 하고 가끔 한국에 오곤 했는데, 하루는 우리 집에 초청을 하여 방문하게 되었습니다. 그때 이런저런 이야길 나누던 중 도쿄 인근 아파트에 산다고 했습니다. 일본은 아파트가 비싸 대부분 퇴직을 해서야 아파트를 살 정도라 어떻게 아파트에 사는지 궁금해서 물어봤더니 부모님과 함께 살고 있는데 아버지가 공무원을 하셔서 퇴직금을 타 아파트를 샀다고 했습니다.

매월 200여만 원 정도의 연금까지 받고 계신다고 하더군요. 그분의 부모님은 매월 연금을 받으면서 자식과 함께 떳떳하게 살고 계시는 것 같았습니다.

여러분은 모두 연금 대상자이시죠? 공무원 연금이든 국민연금이든 연금은 내가 기댈 최고의 효자입니다. 국민연금 받는 분은 배우자까지 임의가입자로 가입하시면 좋습니다. 또 퇴직금이 쌓여서 퇴직할 때 그 퇴직금을 퇴직연금으로 바꾸시면 부족한 국민연금을 보충할 수 있습니다. 퇴직금을 연금으로 돌릴 때 절대 길게 하지 마시고, 75세쯤에 끝나도록 하는 게 좋습니다. 그 이후로는 돈도 필요 없고 연금국민, 공무원만 가지고도 충분히 살아갈 수 있습니다.

퇴직금으로 건물이나 부동산을 사시면 나중에 나이 들어 아파 보십시오. 아들 며느리가 아버지 어머니 빨리 돌아가셔야 그 부동산을 물려받을 텐데, 밥에다 쥐약을 타서 줄지도 모릅니다. 농담 같지만 언론에 종종 나오잖아요. 싹이 노란 강남 며느리 중에는 시부모가 돈 많이 쓴다고 끼리끼리 모여 험담을 한다고 합니다. 왜? 본인이 물려받을 돈이 줄기 때문이라고 합니다.

부모님이 연금을 받고 계시다면 자식들 어깨도 가볍겠지요. 서로 부모님께 잘해 드리려고 노력할 것입니다. 돌아가시면 안 되니까 보약도 해 드릴 겁니다.

1. 머리, 돈, 여자도 아니고 명예도 아니다 – 신身, 몸테크

마지막 이야기로 들어가겠습니다. 돈도 꽤 있는 분이셨는데, 머리는 좋지 못해 벼슬은 못 하고 그냥 욕심 많은 동네부자 정도인 사람이 칠순을 맞아 잔치를 하고 있었습니다. 잔칫날 아침, 부부가 차림상 앞에 앉고 자식들이 큰절을 하려는 참에, 부인이 화장실이 급해 자리를 떴습니다. 이때 신령이 나타나 이런 말을 했답니다.

"당신은 지금껏 착하게 살았고, 좋은 일도 많이 했으니 오늘 칠순잔치를 맞아 소원을 하나만 말하면 들어 주겠다." 그 말을 듣고 욕심 많은 할아버지가 생각해 보니 돈도 더 갖고 싶고, 머리가 좋아져서 동네 이장도 한번 해 보고 싶고, 또 예쁜 여자랑 한 번 더 결혼도 해 보고 싶은 마음이 들었는데, 딱 한 가지만 말하라 하니 난감했습니다. 그러다 문뜩 생각난 것이 '아, 한마디로 하라 했으니 머리, 돈, 여자, 모두를 한꺼번에 말하면 되겠다.' 싶어 "저 머리, 돈, 여자 주세요." 했답니다. 그랬더니 신령은 알았다고 답하더니 진짜 '머리가 확 돌아버린 여자'를 선물로 두고 갔답니다. 좀 썰렁한가요? 이 얘기의 결론은, 결국 돈도 여자도 명예도 아니라 건강한 몸이 최고라는 겁니다. 건강해야 돈도 쓸 수 있고, 여자도 사귈 수 있고, 명예를 가질 수도 있지 않겠습니까?

대구에 사시는 서영갑 씨가 은퇴 후 시작한 헬스로 보디빌더 대회에 나가서 근육질 자랑하는 걸 본 적이 있는데 대단했습니다. 요즘 젊은이들은 몸 만들기를 많이 하는데 나이 든 어른들이라고 하지 못할 이유가 없지요. 전 하루 1만 5천 보 걷는 운동을 꾸준히 하고 있는데 효과가 꽤 있는 것 같습니다. 여러분들 퇴직 전에 몸 만들기를 꼭 하셔서 행복하시길 바랍니다. 은퇴 전에 해야 할 열 가지, 잊지 마십시오. 오늘 강의가 여러분에게 보탬이 되길 바라며 이것으로 마치겠습니다.

Let's Korail
DMZ train

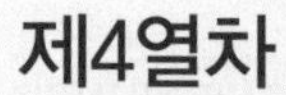

이 순간이 내 생애 최고의 시간이다

Z-train : DMZ평화열차

경의선서울~도라산과 경원선서울 → 청량리 → 백마고지을 운행하는 안보관광열차이다. DMZ생태환경, 바람개비 풍선, 평화누리공원의 연꽃, 철원안보관광이 주 테마이다.

* 매주 월,화요일 운휴 안보관광을 위해 신분증 휴대 필요

1. 부산역 광고
2. 봄 야유회(금정산성)
3. 부산 자갈치시장 입구
4. 인턴사원 간담교육
5. 흔적 남기기(꽃마을에서)

흔적

2014. 5. 1

연일 쏟아져 나오는 세월호 관련 뉴스 때문에 머리가 띵하다. 오늘 아침엔 해경 수사국장이 한때 청해진해운 전신인 회사에 근무한 것이 나와 어리둥절했는데, 오후 점심을 먹고 나니 경질되었다는 보도가 나왔다. 어저껜 모 가수의 부인이 관련회사 회장의 조카란 사실과 함께 행사에 참가한 것이 보도되었다.

노동절이지만, 간부들은 모두 출근하였다. 점심식사를 하러 사무실에서 좀 벗어난 구덕문화공원 쪽으로 갔다. 구덕산 아래 꽃마을 인근, 식당에서 점심식사를 하고 공원의 편백나무숲길을 산책했다. 입구에서 우리가 여기 왔었다는 흔적을 남기기 위해 사진을 한 장 찍었다.

사무실에 들어와 『마지막 한걸음은 혼자서 가야 한다』정진홍를 읽는데 '어떤 흔적을 남길 것인가'란 꼭지가 나왔다. 필자가 '산티아고' 길가에서 만난 달팽이를 보고 쓴 글이다. '달팽이도 온몸으로 자신의 흔적을 내면서 가고 있는데 자신의 인생은 어떤 흔적을 남길 것인가?' 하는 내용이다.

흔적은 모두 남게 돼 있다. 범인이 아무리 자신의 흔적을 지운다 해도 결국은 남는 것이 있듯이, 사람도 결국 흔적으로 자기 인생의 궤적을 남긴다는 것이다. 지난 흔적은 지울 수 없는 것. 오늘 내가 걸은 하루 흔적은 과연 어떠했을까?

유일

2014. 4. 28

지난달 서울 반포대교에서 '어벤져스2'를 촬영해 뉴스거리가 된 적이 있다. 보통 영화 촬영지는 뉴스거리가 되고 관광지로도 인기가 있다. '겨울연가' 촬영지인 남이섬과 준수의 집은 아직까지도 관광객의 발길이 이어지고 있다. 유명인이 묵고 간 호텔도 비슷하다.

영업처장에게 "지난번 S-트레인을 타고 보니 다례실의 찻값이 너무 비싸다"고 했더니, "그 녹차 체험실은 세계에서 유일한 곳입니다."라고 하기에 "그런 내용을 알려 주지 않아 몰랐고, 그걸 알려 줘야 찻값이 비싸에도 마시지 않겠습니까?" 하고 반문한 적이 있다.

똑같은 다리도 '할리우드영화 어벤져스2를 촬영한 곳이야', '이 호텔이 배우 최지우가 묵고 간 방이야', '이곳이 최고 오래된 원조야' 하면 생각이 달라진다. 관사 아파트 앞 식당에 아내랑 갔더니 참게추어탕이란 메뉴가 있어 궁금해서 주인께 물었다. "참게추어탕엔 미꾸라지가 들어갑니까?" 그 물음에 주인이 "미꾸라지는 안 들어가고 참게를 갈아서 만든 것인데 이 메뉴는 우리나라에서 여기뿐입니다."

그 소리에 아내랑 나는 귀가 솔깃하여 그 메뉴를 시켰다. 정말 맛있었다. 오늘 점심때 다시 찾아가 먹어 봐도 역시 맛있다. 스토리가 있는 것과 없는 것의 차이일까? 아마도 우리나라에서 유일의 메뉴란 말을 하지 않았다면, 과연 생소한 참게탕을 먹었을까?

*부산역에서 부산진역 방면으로 500미터쯤 올라가면 지하철 초량역 12번 출구 해천참게전문점이 있다. 051-468-5550

노후

2014. 4. 27

아내가 한 번 가 봤더니 침을 잘 놓는다고 해서 부산역 앞의 한의원에 갔었다. 이것저것 물어서 대답했더니 간이 약해졌고, 전반적으로 기력이 약한 상태라고 했다. 신체적으로 노화가 진행되는 중이란 말이다. 침을 맞고 나니 몸이 한결 가벼워졌다.

"거제도를 갈까? 아니면 신혼여행을 갔었던 부곡온천에 갈까?" 나의 제안에 아내는 부곡하와이를 가자고 했다. 내비게이션에 부곡하와이를 목적지로 설정하니 거리는 60km 정도로, 1시간 40여 분이 소요되는 것으로 나왔다. 남해고속도로를 달려 진례IC에서 나오니 32km가 남았다. 국도도 4차선이라 속도를 내니 딱 1시간 10분 만에 부곡하와이에 도착할 수 있었다.

"오늘 손님이 없어 호텔에서 표를 팝니다." 썰렁한 부곡하와이 입구는 노점상 할머니들만 몇 명 나와 있었다. 아내는 우리가 신혼여행 와서 타본 하늘열차를 타러 가자고 했다. 놀이기구는 모두 스톱상태인데 하늘열차만 어떤 분이 어린 아들과 함께 타고 있었다. 자전거 안장이

송홧가루로 뿌옇다.

27년 전 그땐 몰랐는데 안장과 자전거 페달이 짧아 불편했고 낡고 허름했다. 나오면서 안내원께 물으니 시설한 지 40년이 되었다고 한다. 세월호사고 이후로 손님이 뚝 끊어졌고 파리만 날린다고 했다. 노후된 내 몸만큼이나 부곡하와이도 그러했다. 온천욕을 하고 나서 부산으로 향했다. 세월은 어쩔 수 없는 것 같다. 시간이 지나면 모두 노후 되고 낡아진다. 이것 또한 세월의 이치다. 요즘처럼 힘든 세월도 유대인 경전에 나오는 말처럼 '이 또한 지나가리라.'

평판

2014. 4. 24

며칠 전 인재개발원 분원 강의를 하고 나서, 그동안 내가 했던 강의 자료들을 정리해 봤다. A4용지 한 장 정도 되었는데 이걸 철도공단 설계심의위원으로 활동한 실적과 함께 내 블로그에 저장해 두었다. 기술자는 퇴직하고 나면 그 경력과 사업 수행실적에 따라 등급과 점수가 매겨지고 재취업을 하곤 한다. 그래서 퇴직 전에 자신의 실적을 정리해 두는 사람이 많다.

얼마 전 지인에게 전화가 왔다. 이야기를 나누다 '이번에 새로 실력 있고 덕망 있는 분'을 영입했다고 자랑을 했다. 내가 아는 분이어서 정말 좋은 분을 모셨다고 맞장구를 쳐 주었다. 전화를 끊고 나서 생각해 보니 나는 나중에 저렇게 데리고 갈 곳이 있나 하는 의심이 들었다. 지나고 보면 한 사람의 진정한 평판은 종이에 적혀있는 것이 다가 아니라, 다른 사람의 마음과 생각 속에 박혀있는 평판일 텐데.

어제 저녁 퇴근길에 서점을 들러 책 한 권을 샀다. 『마지막 한걸음은 혼자서 가야 한다』정진홍 저 저자가 두 달 동안 하던 일 모두 접고 '산티

아고' 900km를 걷고 나서 쓴 책이다. 첫 장을 넘겨 몇 쪽을 보니 '나는 무엇으로 기억될 것인가'란 대목에 뒤통수를 한 대 맞은 기분이 들었다.

저자는 프랑스에서 스페인으로 가는 기차를 놓쳐 '몽빠르나스'역에서 두 시간의 시간을 소비하기 위해 몽빠르나스 묘지를 찾았다고 한다. 묻힌 지 20년이 넘은 '세르주 갱스부르'의 묘는 죽은 지 20년이 지났지만 묘지에 꽃과 각종 메모가 가득 차 있는 것을 보면서 '그는 죽은 게 아니고 계속 우리 머릿속에 기억되고 살아 있다'는 생각을 했다고 한다. 내 퇴직 후에, 내가 죽은 뒤에 "과연 나는 어떻게 기억될 것인가?" 내 아내에게, 내 아들딸, 내 동료, 친구, 모든 아는 분들에게. 주인공은 벽산파워주. 허태복 전무가 최영만님을 영입했을 때 이야기임

부산매력

2014. 4. 21

"삼랑진에는 등산하기 좋은 어떤 산이 있습니까? 열차에서 등산객이 꽤 많이 내리네요.", "글쎄요. 천태산, 금오산이 있다는데 어딘지 잘 모릅니다." 점심식사를 하기 위해 사무실에서 나오며, 또 물었다. "삼랑진에 특색 있는 음식은 뭐가 있나요? 맛있는 식당은 있나요?" 그 말에 "삼랑진은 특이한 음식이 별로 없는 것 같아요. 전 여기 살지 않아서 밀양 사는 이 차장께 물어봐야겠네요."

휴일근무가 잡혀 삼랑진에 갔더니 삼랑진에 근무한 지 3년째인 직원이 "삼랑진은 여전히 낯선 곳이란 느낌을 준다."고 말했다. 새로 근무하는 곳에 빨리 익숙하고 친해지려면 그 지역에 관심을 가져야 한다. 사람은 자기가 태어나서 자란 지역을 가장 잘 알고, 가장 좋아한다. 그 외에 근무하는 곳은 잠시 머물고 가는 곳이란 생각에 깊이 알고 싶어하지 않는 경향이 있다.

부산에 오고 나서 '부산은 어떤 매력이 있을까?' 하고 계속 살폈다. 오가는 사람이 북적이고 항구가 발달하여 수출입과 여객의 물동량이 활발하고, 특색 있는 음식이 많고, 바다와 교량 터널이 발달돼 있고, 전통시장이 북적이고, 부산역 앞엔 광장이 있고, 뒤론 북항이 재개발되고 있고, 영도다리가 다시 도개되고 있다. 아, 초량동 산꼭대기 등성이에 다닥다닥 붙여 지은 집, 저기에 오르면 북항이 훤하게 다 보이겠지? 퇴근길에 그 꼭대기까지 올라가 봤다. 그렇게 하면 부산의 매력에 좀 더 가까이 다가갈 수 있으니까.

요지경

2014. 4. 16

점심을 먹고 부산역 광장에 나왔다. 화사한 햇살처럼 부산역 광장은 늘 생동감 있고 새롭다. 검정, 파랑, 노랑, 자주색 등 다양한 옷을 입은 사람들이 분주히 오간다. 캐리어를 끌고 가는 이방인도 있고 색소폰을 부는 할아버지도 있다. 파릇파릇한 잎사귀를 갓 내민 느티나무 그늘 밑은 나그네들의 쉼터가 돼 있다.

매일 아침 나의 걷기운동코스이기도 한 부산역 광장 분수대는 한 바퀴 도는 데 200보 걸음이다. 원둘레가 150미터쯤 될 것이다. 날씨가 조금 따뜻해졌다고 분수대 물줄기가 시원한 물을 뿜어낸다. 4월부터 10월까지 매일 한두 번 음악이 나오는 분수다. 야간에는 역 광장에 설치된 반달아치에 'Welcome to Busan'이 뜬다.

"내가 사진 찍어드릴까요?" 셀카 찍는 여행객을 만났다. 반가워하는 여행객도 있는가 하면 그냥 자신이 찍겠다는 사람도 있다. 아차! 저쪽을 보니 긴 막대기에 휴대폰을 걸어 셀카를 찍고 있다. 셀카 도구다. 참 별나다. 아리랑관광호텔 앞은 시티투어버스로 늘 북적인다. 분수대 바로 앞 횡단보도는 언제나 바쁜 걸음의 여행객으로 넘쳐난다. 그래서 다이내믹한 부산은 생명력이 있다.

부산터널

2014. 4. 13

부산에 와 보지 않은 사람은 부산이 우리나라 지도의 끝자락에 있고 바닷가라 평평한 분지일거라 생각하는 사람이 많다. 그러나 부산은 오히려 평지는 별로 없고 온통 산으로 둘러싸여 있다. 산등성이 사이로 집이 빼곡하다. 산을 관통해 도로를 연결하다 보니 터널이 잘 발달돼 있다.

지금까지 2달 반 정도 살면서 내가 확인한 부산의 터널은 크게 5개로 이루어져 있다. 첫 번째가 부산역 아래 영주동과 동대신동을 가로지르는 부산터널로 부산의 첫 번째 터널이었다. 이 터널은 처음에는 영주터널로 불렸으며 민주공원 밑으로 뚫린 터널로 1961년에 개통해 가장 오래된 터널이다660m.

다음은 부산 중앙 좌천동에서 구포를 지나 중앙고속도로와 이어진 수정터널2,330m 좌천동-가야동과 백양터널2,340m 당감동-모라동로 각각 1998년, 2001년에 개통돼 아직 유일하게 유료로 운영되고 있다. 그 중간에 사상에서 서대신동을 가로지르는 구덕터널1,870m이 1984년에 개통되었다.

네 번째로 북구 만덕동과 동래를 잇는 만덕터널쌍굴 815m이 있고, 부산진구 전포동과 남구 대연동을 잇는 황령터널1,830m이 있다. 그 외에 경부고속도로와 이어진 번영로는 대연터널, 광안터널, 수영터널과 연결돼 있다. 장산1, 2, 3터널과 해운대터널은 부울고속도로와 연결돼 있다.

막힌 길을 뚫는 것은 터널이지만 사람과 사람 사이의 막힌 길을 뚫는 것은 소통이다. 부산처럼 바다를 잇는 다리와 산을 뚫은 터널이 교통을 원활하게 하듯 사람과 사람을 잇는 소통채널은 언제 시원하게 뚫을 수 있을까?

*부산 출신 김기춘 처장이 내 페이스북을 보고 대티터널을 추가 요청했다.

착한식당

2014. 4. 11

내가 사는 집에서 가까운 인창병원 앞에 보신탕집이 있다. 부산에 오자마자 첫 번째 소개받은 식당이며 이 집은 탕 한 그릇에 6천 원인데 양이 푸짐하다. 주인은 이 식당을 운영하여 자식들 공부시키고 이제껏 잘살고 있다면서 더 이상 가격을 올리고 싶지 않다고 한다. 그래서인지 갈 때마다 늘 손님들로 북적인다. 메뉴는 그렇지만 가격 면에서 '착한 식당'이라 불렀다.

마산에서 직원 장례문제로 1주일을 보낸 마지막 날 부산에 오지 못하고 거기서 잤다. 다음 날 아침 새벽같이 차량소장과 역전번개시장 식당에 갔었다. 우거짓국 한 그릇에 2,500원을 받았다. 너무 싼 가격에 놀라 아주머니께 "가격 좀 올려야 하지 않나요?" 하고 물었더니 이 가격으로도 충분히 식당을 운영할 수 있어 절대 가격을 올리지 않는다고 한다. 식당을 운영하면서 배우고 느낀 게 너무 많다고 하였다.

식당주인은 "세상엔 전 재산 백만 원도 안 되는 사람들이 너무 많다. 역에 근무하는 사람들은 우리 사회 최상류층에 속한다"며 엄지손가락을 세워 보였다. "이 집이 진정 착한 식당이네요."라고 맞장구 해주었더니 얼굴이 밝아졌다.

대전역전시장에도 천 원짜리 선지국밥이 있는데 이런 식당들 덕분에 가난하고 배고픈 우리 이웃이 함께 살아간다. 모두 거꾸로 보고 거꾸로 생각하며 아래를 보며 살아가는 사람들이다.

변화 10가지

2014. 4. 10

지난달 어머니로부터 전화가 왔습니다. 재산세가 나왔다고. 20만 원을 통장으로 보냈더니 며칠 지나 "야야 뭔 돈을 또 이렇게 보냈냐?"며 전화를 주셨습니다. 그때 느낀 것이 '내가 전화를 안 드려도 전화 오게 하는 방법이 있구나.'였습니다. 전화를 거의 하지 않는 어머니로부터 전화를 받고 '변화'라는 단어가 떠올랐습니다. 오늘 강의의 주제는 '변화'입니다. 그 열 가지 중의 하나가 바로 전화 오게 하는 방법과 관련 있습니다.

변화란 뭘까요? 저는 변화는 순환이고 흐름이고 발전이고 창조이고 삶이고 경제라고 생각합니다. 몸에 피가 잘 돌아야 건강하듯이, 경제는 돈이 흘러야 하고 직장엔 조직구성원이 자꾸 변화해야 그 회사가 살아남을 수 있다고 생각합니다. 다음은 따끈따끈한 저만의, 나 자신을 변화시키는 노하우 열 가지입니다.

1. 새로운 트렌드에 강해라
2. 책 읽기, 영화 보기, 여행하기
3. 새 취미, 소일거리를 갖자.
4. 계획을 수립하고 꿈을 가꾸어라.
5. 올가미를 채워 꽁꽁 묶어라.
6. 발칙하고 엉뚱한 생각을 가져라.
7. 기득권을 버리고 보통사람과 함께해라.
8. 공부해서 유학 가거나 박사학위스펙를 받아라.
9. 한곳에 오래 있지 말고 자리를 옮겨라
10. 반대로. 거꾸로 생각하고 행동하며 살아라.

* 분원 교육원 현장개선 전문가반 과정 강의 中에서.

봄날

2014. 4. 2

지금 부산은 온 천지가 활짝 핀 꽃들로 세상이 환한 봄날이다. 우린 즐겁고 행복하며 기뻤던 시절을 '내 인생의 봄날'이라고 한다. 꽃피고 새순이 돋는 봄은 그렇게 삶에 희망을 주고 살맛 나게 하는 묘한 기운을 지녔다. 사람이 살면서 봄, 여름, 가을, 겨울을 반복적으로 맞이하지만 봄은 어느 계절보다 희망차다.

내 인생에 봄은 어느 때였던가? 사람마다 느낌은 다르지만 젊었을 땐 사랑하는 여인을 만나러 쫓아다니며 연애하고 결국 결혼으로 골인할 때, 좋은 학교를 입학하고 졸업할 때, 직장을 잡았을 때였을 것이다. 직장생활 하면서 자신의 일에 모든 열정을 쏟아부었을 때, 직장에서 남들에게 인정받았을 때, 그 결과로 승진하고 좋은 보직을 새로 받았을 때, 깊이 생각해보니 직장생활 하루하루가 이어져 내 가족이 즐겁고 행복하게 살 땐 것 같다.

그러고 보면 모든 시절이 다 인생의 봄날인데 그래도 유독 더 발걸음이 가볍고 살맛 나는 시기가 있다. 어제 사무실에 함께 근무한 두 직원이 팀장등용시험에 합격해 함께 저녁 식사 자리를 가졌다. 두 사람에겐 지금이 인생 봄날일 테지. 함께 지내는 사무실 구성원 모두도 더불어 봄날이다. 지난번에 읽은 책의 한 대목이 생각난다. '상사 선배가 승진하면 다음은 내 차례다.'

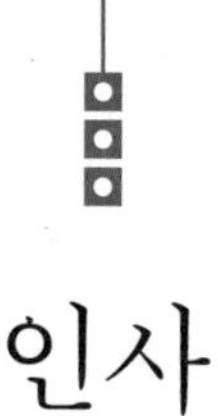

인사

2014. 2. 25

예전의 모 사장께서는 잘못하거나 마음에 들지 않은 간부는 모두 '그 친구 태백역장으로 보내'라고 하셨고 실제 본사에서 근무하던 간부를 강원지사동해로 발령 냈던 기억이 난다. 지금껏 근무하면서 인사가 어려웠던 시기인 듯했다. 그 CEO가 나간 후 강원도로 가셨던 분들 대부분은 더 좋고 높은 보직을 받고 돌아왔었다.

한마디로 전화위복이 된 것이다. 인사를 당하기만 하다가 나도 언제부터인가 인사를 하는 입장이 더 많다 보니 인사하는 것이 더 어렵다는 것을 매번 느낀다. 처음 몇 번은 약간의 실수도 있어 인사 후 개운치 못했는데 그 후 나름대로 기준을 세울 수 있게 되었다.

첫째, 인사엔 개인의 감정을 결부시키지 말고 공정하게 하자. 둘째, 가능하면 대상자들이 희망하거나 이들에게 최대한 유리한 곳으로 보내자. 셋째, 상급부서로 희망 시 절대 붙잡지 말고 보내주자. 넷째, 내 주변과 관계있는 사람을 유리하게 하지 말고 오히려 관계가 없을수록 신중히 하자. 다섯째, 신체적 약자, 조직 부적응자, 외톨이 등 약자를 배려하자. 대체로 이런 것들이었다.

인사는 하고 나면 항상 말이 많고 시끄럽다. 만족하면 말이 없고, 그렇지 않을 땐 항상 불평한다. 그래서 '인사는 늘 공정하지 못하고 인사가 만사다.'란 말이 생겨난 것 같다.

수의

2014. 3. 21

운동하기 위해 집을 나선 새벽부터 빗방울이 뚝뚝 떨어졌다. 출근할 땐 그쳤었는데 오후가 되니 멀리 신선대 부두 쪽이 안 보일 정도로 하늘이 뿌옇다. 날씨가 싸늘해 집에 가서 외투를 다시 껴입고 나서니 비가 주르륵 다시 내렸다. 변덕스러운 날씨가 내 마음 같은지 문상 가는 길은 우울했다. 날 반겨줄 사람이 고인이 되었으니 누가 날 반겨 주겠는가. 이런 쓸쓸한 문상은 가고 싶지 않은 게 내 심정이다.

2001년도에 사무관이 되었다고 함께 기뻐했던 동기 73명 중 한 명이 지병으로 제일 먼저 세상을 떴다. 내가 6년째 이 모임의 총무를 맡고 있어 부산에서 인천까지 한달음에 달려갔다. 날씨가 변덕스럽게 인천에 도착하니 또 비가 내렸다. 오후 다섯 시에 도착하여 말동무해 주기 위해 세 시간이나 기다려준 정로 형님, 진태 동기가 있어 고마웠다.

돌아오면서 동기 모임 밴드에 이런 글을 남겼다. "비가 오락가락하고 먼 산에 눈도 왔다는데 날씨가 찹니다. 이 을씨년스런 날씨에 문상을 다녀갑니다. 예상외로 가족과 손님들이 꽤 있어 그나마 다행이네요.

동기들 모두 건강해야 합니다. 죽을 때 입는 수의엔 호주머니가 없답니다. 너무 가지려고 하지 마시고 알뜰하게 살다 갑시다. 멀리 울릉도에 계시는 동기까지 부조했네요. 감사드립니다." 주말부터 어제까지 여섯 명째 지인 부고 소식이다.

어매

2014. 3. 20

카톡으로 아내가 "부산?"이라고 물어왔다. 난 답 대신에 잽싸게 어머니랑 얼굴을 맞대고 셀카를 찍어 보냈다. 다시 "언제 부산 가?" 하고 묻기에 "엄마가 밭에 비료 포대 날라 달라고 해서 그걸 해 놓고 가려고."라고 답했더니 "완전 좋아"란 하트모양 스티커 한 장이 날아왔다. 뒷방에 가 보니 예전에 아버지가 입던 외투 하나가 있어 갈아입고 나왔다.

간이손수레에 유기용 비료 20kg 포대를 세 개씩 싣고 밭에 나르니 힘이 부치었다. 어제 하루 종일 마구간 거름을 밭에 뿌렸다는데 소똥이 밟히어 미끌미끌했다. 냄새도 나고 울퉁불퉁한 밭고랑 사이로 수레를 끄니 균형을 잡기 힘들었다. 두 번을 나르고 나니 수레바퀴 하나가 빠져 더 이상 싣지 못했다. 장바구니 손수레를 다시 가져와 두 포대씩 싣고 대여섯 번 나르니 끝이 났다. 신발은 온통 소똥 범벅이 되었고, 힘이 들어 연신 숨을 내쉬었다. 안방에 들어가 대자로 뻗었다.

어젯밤 엄마가 주무셨던 그 자리에 누우니 아직 온기가 있었다. 어매가 옆에 와 고생했다며 "내가 하면 하루 종일 할 일인데 고맙다."고 연신 말씀하신다. 잠이 곤히 드는데 어매는 동네 이야기로 분주하다. 회관에 모여 밥을 해 먹는데 옆집 상동 고모가 밥 당번이고, 상동 엄마는 97살인데 정신이 하나 없고 밥만 먹는 산송장이라는 둥. 이장을 수동이가 맡았고. 노령연금을 신청했는데 퇴짜 맞았다는 둥. 새 목사가 일본 있다가 왔다는 둥. 계속 말씀 중인데 난 졸면서도 "어, 어, 어." 하며 듣고 있다는 것을 상기시키다 정말 잠이 들었다.

눈을 떠 보니 어머니께서 밥을 새로 해서 차려왔다. 11시가 조금 넘었는데 12시 버스가 11시 반에 올라온다고 빨리 밥 먹으란다. 냉잇국에 밥 한 그릇 다 먹었는데 밥그릇을 빼앗더니 또 밥을 듬뿍 담아주신다. 그걸 다 먹고 배불러 버스를 타니 전화벨이 울렸다. 죽변에 있는 중학 동창 창오가 점심 같이 먹자고 한다. 약속한 식당에 갔더니 친구 두 명이 더 있다. 아직 밥을 안 먹은 척하면서 다시 밥을 먹어야 했다. 겨우 한 그릇 비웠다. 점심 두 번 먹었지만 고향친구라 좋고 어매 만나 기분 좋은 날이었다.

술 요령

2014. 3. 16

우리 본부부산에는 술 좋아하는 사람이 별로 없다. 다행이긴 해도 너무 안 마시는 것은 별로다. 며칠 전 술자리에서 내가 예전에 술 못 마셔 애를 많이 먹었는데, 그래서 '술 마시는 요령'이란 글을 하나 썼다고 했더니 그게 뭐냐고들 물어왔다. "뭐 어려운 것 하나 없고 여러분들이 다 알고 있는 것을 정리한 것이지요." 그랬더니 그것이라도 알려 달라고 야단이었다.

'술 적게 마시겠다는 마음가짐을 단단히 해라', '술잔에 술을 적게 받아라', '다 마시지 말고 조금이라도 남겨서 버려라', '안주를 많이 먹어라', '물을 마셔라', '술 마신 후 노래를 부르거나 춤을 추어 운동해라', '밥을 반드시 먹어라', 이렇게 알려 주니 "아, 다 아는 내용이네요." 한다. 남들도 다 아는 것을 난 다년간 노력해서 터득했다.

주말이라 대전에 와서 김영철이 쓴『일단 시작해』란 책을 폈다. 김영철 자신이 글을 잘 못 써 라디오 방송에 출연한 이외수 선생께 '글을 잘 쓰려면 어떻게 하나요?' 하고 물으니 선생님은 이렇게 답했다고 한다.

'자신의 이야기를 잘 들어 주는 사람 앞에서 이야기를 하면서 그걸 적어놓고 문어체로 바꾸면 됩니다.' 결국, 평소 이야기하는 것을 글로 옮기면 된다는 아주 쉬운 답이었다.

새로운 것도 알고 보면 다 남들이 한 것에 치장하고 내 생각을 곁들여 놓은 것들이다. 간단하게라도 정리하는 것이 그래서 중요하다. 정리. 결합. 응용은 창조다. 에어컨 1대를 형광등과 비교해 사용전력량이 형광등 350대와 같다고 했더니 '에너지 달인이다. 일리 있다. 나도 써먹어야겠다' 등 많은 분이 관심을 가져 주었다. 다 알고 있는 것을 정리한 것뿐인데.

추락

2014. 3. 13

부산역 옆엔 예전에 가장 잘나가던 부산예식장, 올림픽웨딩홀 두 건물을 헐고 있다. 새 주인이 노후한 예식장을 부수고 23층짜리 호텔을 신축한다고 한다. 작업을 시작한 지 보름쯤 되었는데 벌써 80%가 철거되었다. 새로 신축하는 건물은 1년 이상 걸리지만 붕괴되고 무너지는 것은 순식간이면서 흉물스럽다.

부산역 1층에는 매장을 입점시키지 못해 가림막으로 쳐 놓은 곳이 있다. 이곳은 이전에 한창 잘나가던 박준헤어가 영업했던 자리였다고 한다. 미용사란 명칭을 헤어디자이너라 업그레이드시켜 미용업이 승승장구하던 때 150여 가맹점을 거느리고 있었던 박준뷰티랩은 작년 3월, 여직원 성추행사건으로 가맹점이 이탈하면서 현재 90여 개가 영업 중이지만 고전 중인 것으로 전해지고 있다.

무너지는 것은 박준헤어나 부산웨딩홀 건물이나 비슷한 모습이다. 신뢰나 활용도가 떨어지면 회복하는 데 엄청나게 많은 시간이 소요된다. 신뢰를 쌓기란 집을 지을 때 벽돌 하나하나를 쌓아 올리듯 아주 천천히 올라간다. 반면 추락은 한순간이다. 최근 유우성 간첩 증거조작사건으로 국정원의 신뢰도도 나락으로 떨어지고 있다.

내가 몸담고 있는 철도도 연일 정부나 언론에서 적자기업, 개혁대상 공기업이라 때리고 있으니 승객 수입까지 심상찮다. 수입이 계획대비 90%를 갓 넘긴 날들이 잦아지면서 빨간불이 켜졌다. 2월까지 수입결손이 벌써 350억 원이라니, AI 핑계로 합리화를 시켜도 되는지. 철도가 국민에게 신뢰받지 못한 것이 무엇인지 철도인 모두가 심각히 생각해 봐야 할 때다.

시티투어

2014. 3. 10

지난 주말엔 비상근무에 자체 대기까지 걸린지라 부산에 쭉 있어야 했다. 일요일엔 혼자 태종대행 시티투어를 탔다. 열 시 정각에 부산역을 출발하여 부산대교를 건너 영도 섬 우측도로를 돌아 태종대 입구에 도착하니 약 35분이 걸렸다. 창이 없는 이층버스를 탔는데 기온은 낮았지만 시원한 느낌에 춥지는 않았다. 스무 명 정도 탔는데 삼삼오오 일행과 홀로 탄 사람도 몇몇 있었다.

전망대에서 시원한 바다를 보는 느낌이 최고다. 넓은 바다를 보면 내 마음도 활짝 열리는 것 같다. 돌아 나오니 버스는 바다를 가로지르는 남항대교를 지나 송도해수욕장에 도착한다. 깔끔하게 단장된 송도해수욕장이 아담스럽다. 자갈치다. 다국적 인파는 광복동 영화거리까지 빼곡하다.

같은 노래를 자꾸 들으면 그 노래가 좋아진다. 자꾸 접하면 좋아지는 것을 에펠탑 효과로 설명하는데, 이런 것은 음식도 사람도 마찬가지고, 자기가 살고 있는 지역도 같다. 그래서 TV나 라디오에 광고는 반복해서 틀어준다. 부산을 좋아하려면 좋은 것을 자꾸 보며 찾아다녀야 하는 것도 그런 이유 때문이다. 세 시간 여유 덕분에 부산이 더 좋아졌다. 『부산에 반하다』 책을 한 권 샀다. 제목처럼 자기 일이나 직장 일이나 반하면 조금은 수월하겠지.

경칩

2014. 3. 7

개구리가 깨어 나온다는 경칩이 어제인데 날씨가 겨울로 돌아간 기분이다. 부산 와서 줄곧 새벽 기온이 영상 5~6도였는데 어제오늘 새벽엔 영하까지 내려갔다. 새벽 기온이 따뜻해 그 느낌만 생각하고 살았는데, 한 달쯤 지나고 보니 아침 기온과 오후 기온이 비슷한 것 같다. 더구나 낮엔 바닷바람까지 붙어 체감 온도는 더 낮다.

해안지역이 봄 날씨가 추운 것은 겨우내 해수가 차가워져 아직 육지 온도만큼 더워지지 않았기 때문이다. 3월에 나타난 추위를 꽃샘추위라 한다. 꽃이 피는 것을 시샘한다는 뜻인데 변화에는 이런 진통이 따른다. 하루의 시작인 새벽녘 동틀 무렵에 기온이 가장 떨어지고 어둠이 짙다. 그래서 첫 주 월요일은 바쁘고 피곤한 것 같다.

환절기에 잘 적응하려면 에너지를 평소보다 몇 배를 더 사용해야 한다. 계절의 변화가 심한 곳에서 자란 나무가 더 단단하듯 변화의 상황에 잘 견디는 사람이 항상 앞서 나간다. 상대가 세게 나올 때 나도 그에 못지않게 대응하고, 상황이 바뀔 때 바짝 긴장해야 한다.

한단지몽

2014. 3. 3

중국고사에 '한단지몽'이란 말이 있다. 당나라 현종 때 도사 여옹이 한단의 한 주막에서 쉬고 있는데 행색이 초라한 젊은이가 와 앉더니 산동의 노생이라며 신세타령을 하고 졸기 시작했다. 여옹이 양쪽에 구멍이 뚫린 도자기 베개를 보따리에서 꺼내 주자, 노생은 그것을 베고 잠이 들었는데 꿈속에서 점점 커지는 그 베개의 구멍 안으로 들어가 보니 고래 등 같은 기와집이 있었다.

그는 그 집 딸과 결혼하고 과거에 급제한 뒤 벼슬길에 나아가 어사대부에 올랐고 우여곡절 끝에 마침내 재상이 되었다. 그 후 10년간 황제를 잘 모셔 명재상으로 이름을 날렸으나 어느 날, 갑자기 역적으로 몰렸다. 그와 함께 잡힌 사람들은 모두 처형당했으나 그는 사형을 면하고 변방으로 유배되었다. 수년 후 무고함이 밝혀지자 황제는 노생을 소환하여 연국공에 책봉하고 많은 은총을 내렸다. 그 후 그는 다섯 아들과 열 명의 손자를 거느리고 행복한 여생을 보내다가 80년의 생을 마치는 꿈을 꾸었다.

잠에서 깨어보니 옆엔 여전히 여옹이 있었고 주막집 주인이 짓고 있던 기장밥도 아직 다 되지 않았다. 노생을 바라보고 있던 여옹은 웃으며 말했다. "인생이란 다 그런 것이라네." 일장춘몽과 같은 뜻으로 쓰이는데 어제 본 영화 '수상한 그녀'의 오두리는 바로 그런 것이었다. 칠순의 오말순나문희이 청춘사진관에서 영정사진을 찍는 순간 스무 살 오두리심은경로 변신하여 살아가는 이야기로, 한바탕 풍자와 웃음과 눈물을 주는 재미난 영화였다. 관객 팔백만을 넘겼다는데 그럴 만했다. 주말 결혼식에 다녀와 집에 도착하자마자, 아직 60대인, 더 살아야 할 시골 집안 어르신 사망 소식을 들었다. 인생은 한단지몽이다.

커플

2014. 3. 1

지난번 짝 맞지 않은 장갑 이야길 하였는데, 그 가죽장갑을 이번 겨울에 잘 끼고 다녔다. 그런데 부산 와서 보름쯤 되었을 때 한쪽을 다시 잃어버리고 말았다. 며칠간 한쪽만 끼고 다니다 지난주 마트에서 그냥 허름한 만 원짜리 장갑을 한 켤레 샀다. 새벽 운동 때 끼고 다니니 편했다. 그런데 일주일도 안 돼 또다시 한 쪽을 잃어버리고 말았다. 모두 오른쪽을 잃어버린 원인은 스마트폰 때문이다.

짝 맞지 않은 왼쪽 장갑 두 쪽이 방구석에 나뒹굴고 있다. 그런데 어제 마트에 갔다가 다시 똑같은 그 장갑 한 켤레를 사서 다른 물건과 함께 비닐봉지에 담아 집에 왔다. 어제 아침 처음 그 장갑을 꺼내 끼워 보는데 아뿔싸, 두 쪽 다 오른쪽이었다. 분명 한 켤레로 묶여 있었는데 이런 변이 생기다니. 마트에 가서 바꾸려고 했는데 지난번 끼던 짝 잃은 왼쪽 두 짝이 방구석에서 빙그레 웃고 있지 않은가?

그걸 가져와 함께 맞추니 두 켤레 장갑이 되었다. 마치 고스톱에서 쌍피를 받은 듯 기분이 좋았다. 살면서 이런 일은 가끔 있다. 짝을 못 찾아 평생 노총각 노처녀인 줄 알았는데 어느 날 멋진 짝을 만나 환상의 커플이 된다. 오늘 결혼하는 김현수·장미희 커플도 멋진 짝이다. 우리 사무실에 노총각 둘도 조만간 1타 2매 화투장 쌍피처럼, 찰떡 맞춤 짝이 나타날 테지.

이 순간이 내 생애 최고의 시간이다

강의 2014. 9. 4

'인턴생활 이것만 알면 된다.' 반가워요. 역시 인턴은 반짝반짝해서 좋아요. 제목이 좋지요. 인턴생활, 이것만 알면 된다. 정말 인턴으로 온 분들은 뭘 할지 몰라 쩔쩔맬 때가 많은데 눈이 휙 돌아가지요? 사실은 여러분들도 다 알고 있을 수 있는 것들이지만 정리를 한 번 해 봤습니다. 지금부터 살펴보겠습니다.

1. 선배는 100만 권의 장서다

수도권서부본부에 근무할 때 모 국회의원을 만나 수서발 고속철도 민영화를 반대해 달라고 부탁한 그 일을 계기로 페이스북 친구가 되었습니다. 그 후 며칠 안 돼 그 의원의 페이스북에 올려놓은 글을 보고 깜짝 놀랐습니다. '오늘 100만 권의 장서가 있는 도서관 하나가 없어졌습니다. 존경했던 분인데 오늘 아침 소천 했다는 소식을 들었습니다. 안타깝습니다.' 존경하는 지인의 사망은 그분의 다양한 경험담과 많은 지식을 더 이상 배울 수 없다는 안타까움과 아쉬움이 배어 있었습니다. 경험자의 지식은 그만큼 소중하기 때문입니다. 여러분은 인턴이고 아직 초보 중의 왕초보이기에 경험자의 경륜을 배워 자신의 것으로 만들어야 합니다. 그렇게 하려면 뭘 어떻게 해야 할까요? 여기 물음표가 말해주듯이 모르는 것은 묻고, 아는 것 또한 되묻고 모든 것을 물어야 합니다. 배우는 데 있어 가장 쉬운 방법은 묻는 것입니다. 그래서 첫 번째로 무조건 물으라고 조언 드립니다. 선배 중에는 자신의 노하우를 감추어 두고 후배들에게 가르쳐주지 않는 경우도 있었습니다. 저는 신규자나 전입자가 오면 '이분들에게 군대 신병처럼 화장실 가는 방법까지 자세히 일러주라'고 늘 말합니다. 묻는다는 것은 관심과 열정이 있기 때문입니다.

2. 끄떡끄떡, 하하하, 호호호

한 10년이 지난 일 같습니다. 대전에 있을 때 아내와 함께 나훈아 리사이틀을 간 적이 있습니다. 대전 무역전시관에서 공연하였는데 입구에 도착하니 여기 사진에 있는 것처럼 LED 막대를 여기저기서 팔고 있었습니다. 그땐 저게 뭐 하는 것인지, 왜 필요한지 몰라 그냥 지나쳐 공연장 안에 들어가 앉았습니다. 공연이 시작되자 너 나 할 것 없이 그 막대에 전원을 켜서 흔들어 제치는 겁니다. 우리 부부도 분위기에 합류하고자 공연장을 살짝 나와 그 막대를 사서 다시 들어갔지요. 옆 사람과 같이 흔들고 소리치고 했는데 그때 함께 공감한다는 것이 뭔지를 느낄 수 있었습니다.

2002년 우리나라에서 월드컵이 열렸을 때 대전 월드컵 경기장에서

8강 경기를 했는데 대단했습니다. 입장권 구하기가 하늘의 별 따기보다 조금 쉬웠습니다. 겨우 몇 장 구하여 몇몇 분이 다녀왔습니다. 그때 붉은 악마 셔츠가 한참 유행일 때였지요. 본부장이 설마 저걸 입고 가겠나 싶었는데 웬걸요. 응원 갈 때 남들이 다 입고 있으니 그 티를 안 입은 사람은 그 자리에 있을 수 없을 정도였습니다. 다음 날 응원 열기를 말씀하시는데 그런 열광의 도가니는 난생 처음이라고 했습니다.

여러분들에게 이런 공감 마인드 또한 중요합니다. 선배들이 가르쳐 주거나 설명할 때 고개를 끄떡끄떡 해주고 웃긴 이야길 할 때 "하하!"라고 웃어 주는 것이 인턴생활의 기본자세입니다. 이것은 이후 직장생활과 친구 모임 등에서 상대방에게 보내는 최고의 배려이고 공감의 표시입니다. 싸움을 할 때 화나도 표정 하나 변하지 않으면 역설적이게도 상대는 꼬리를 슬쩍 내립니다. 반응을 보여야 합니다. '반드시 응해야 합니다.'

3. 나는 유치원에서 모든 것을 배웠다

혹시 충남 아산에서 다 지은 오피스텔이 무너졌다는 뉴스를 들은 적 있습니까? 너무 황당한 뉴스라 자세히 읽어봤는데 기초가 부실한 게 원인이었습니다. 8~9층의 고층건물은 충분한 기초공사를 해야 하는데 그 기초를 소홀히 해서 다 지은 건축물이 폭삭 무너지고 만 것입니다.

모죽이란 대나무가 있는데 모죽 씨를 뿌리면 5년 동안 물을 주어도 싹이 나지 않는다고 합니다. 하지만 5년이 지나면 죽순이 돋기 시작하는데 성장기 4월이 되면 하루에 80센티 정도로 자란다고 합니다. 궁금해진 어떤 학자가 땅을 파 봤더니 뿌리가 10리가 넘도록 뻗어 나가 있더랍니다. 기초를 튼튼히 해야 새순을 자라게 하고 커서도 넘어지지 않기 위함이라 합니다. 기초를 튼튼히 하는 것이 그만큼 중요하단 말인 것 같습니다.

일 또한 마찬가지로 기본이 제일 중요합니다. 기본은 유치원에서부터 배웁니다. 줄 서서 차례 기다리기, 상대방에게 인사 잘하기, 큰 목소리로 대답하기, 길거리 휴지 안 버리기, 도로 교통질서 잘 지키기 등. 직장생활을 하다 보면 이런 유치원에서 배워야 할 것들을 제대로 못해서 일어나는 일이 부지기수입니다. 우리 시절엔 초등학교도 못 가는 사람이 더러 있었습니다. 우스갯말로 기본이 안 된 사람을 보고 '너 어디 유치원 나왔어?'라고 빗대어 말하기도 합니다. 기본이 중요하단 말 다시 한 번 강조 드립니다.

4. 똑바로 보고 말해라, 눈을 맞춰라

지난번 교황이 우리나라를 방문했을 때 어린아이와 눈을 맞추고 대화하는 모습. 보셨습니까? 우리에겐 조금 익숙지 않은 사랑의 표현입니다. 지난번에 좀 재미있는 TV 광고가 나왔는데 여러분들도 보셨을 겁니다. 아버지가 아들과 함께 식사하기 위해 식탁에 마주 앉았는데 모두 고개를 숙이고 휴대폰만 쳐다보고 있습니다. 아버지가 문자를 보냅니다. '아들 밥 먹자.', '예, 아버지.' 하고 문자로 대답합니다. 어디를 가나 휴대폰을 들여다보며 개인의 시간을 보냅니다. 카톡을 그룹으로 묶어 소통한다는 사람도 있습니다. 직장에서, 학교에서 휴대폰을 습관적으로 들여다보는 것, 이건 최악입니다. 사적인 전화도 간단히 하는 것이 좋습니다.

여러분이 상대방에게 말하는데 상대가 내 얼굴을 안 보고 먼 산을 보거나 고개를 숙이고 있으면 여러분 기분이 어떨까요? '너는 지껄여라, 난 내 일 한다.' 뭐 그런 느낌이겠죠? 상대방에게 눈 맞추는 것, 직장생활에서 중요한 덕목입니다.

5. 인생은 시간싸움이다

김수영의 『멈추지 마 다시 꿈부터 써 봐』 이 책 읽어 보셨습니까? 학교에서는 문제아였지만 실업계 고등학교에서 처음으로 골든 벨까지 울렸던 여학생입니다. 자신을 돌아보는 시간을 짜고 공부를 하여 서울의 유명 대학을 나와 세계 제일의 투자회사에 취직하기도 했습니다. 자신이 세운 73개의 계획을 대부분 이루고 새로운 계획을 수립하여 도전 중이고 꿈 전도사로 활동하고 있습니다. 지난번에 국내에 들어와 다시 세계 일주를 하고 있다는 소식을 들었는데 참 대단한 여성입니다.

이 책을 읽으면서 좀 더 치밀한 계획을 세우고 시간 관리를 좀 더 잘했더라면 하는 아쉬움이 들었습니다. 어린 시절 일과표를 만들어 실천하려 노력했던 기억이 있습니다. 시간 관리는 그만큼 중요하지만, 실천에 옮기기는 결코 쉽지 않습니다.

우리가 살아가는 인생을 90년이라 하면 궁극적으로는 '그 90년의 시간을 어떻게 잘 유용하게 사용하고 떠나느냐'일 겁니다. 직장의 시작점인 인턴생활에서부터 기본을 세워 보시기 바랍니다.

6. 생각하고 변화시켜라

부동산을 공부해 본 사람은 잘 압니다. 똑같은 땅이라도 그 땅을 사서 어떻게 하느냐에 따라 땅값에 많은 차이가 납니다. 우선 땅을 2~3필지 사서 합치는 방법이 있는가 하면, 큰 땅은 덩어리가 커서 가격이 상대적으로 저렴한데 그걸 싸게 사서 나누는 방법이 있습니다. 또 용도를 변경하는 방법이 있고, 길이 없으면 그 땅의 일부를 나누어 길을 내어 주면 땅값이 확 올라갑니다.

왜일까요? 변화를 시켰기 때문입니다. 요즘 대부분 소지하고 있는 스마트폰도 마찬가지입니다. 통화 기능만 사용하던 기기에 카메라를 붙였고, TV를 보고, 내비게이션 앱을 깔아 길을 찾고, 인터넷을 통해 실시간 뉴스를 보고, 인터넷쇼핑으로 물건을 구입합니다. 기존의 여러 기기의 기능을 합친 것입니다.

일도 마찬가지입니다. 생각해서 분할시켜 보고, 합쳐 보고, 모양을 바꾸어 보고 뒤집어 생각하다 보면 더 좋은 아이디어도 더 쉽고 빠르게 하는 방법도 나옵니다. 인턴생활에서부터 잘 익혀야 일하는 요령도 생길 것입니다.

7. 나보다 남을 먼저 생각해라

난 40대 초반에 허리디스크를 앓은 적이 있습니다. 그때 여러 가지의 물리치료들을 했었습니다. 그중에 '거꾸리'란 기구를 이용하는 치료법이 있습니다. 발목을 위로 고정해 몸을 거꾸로 매달리게 하는 방법입니다. 인체를 거꾸로 매달아 눌려서 튀어나온 디스크를 다시 원위치 시키는 원리입니다. 거꾸로 있으면서 사고思考도 거꾸로 하면 참 좋겠구나 하는 생각을 했습니다.

직장생활 하다 보면 남들이 하기 싫어하는 일들이 많습니다. 화장실 청소나 일의 뒷정리, 주말이나 명절에 근무하는 것은 누구나 싫어합니다. 그래도 거꾸로 생각해 봅시다. 누구나 싫어하는 것을 누군가 한다면 어떻게 될까요? 그 사람을 바라보는 당신 또는 상사는 어떤 생각을 하게 될까요?

이 사진 보면 '휴지가 없어서 볼일 못 보신 분을 위하여 휴지 하나를 두고 갑니다. 즐똥 하세요.' 누군진 모르지만 남을 생각하는 마음이 다르잖습니까? 배려도 인턴이 갖춰야 할 덕목입니다.

8. 주인처럼 행동해라

현대그룹 회장이면서 한국 경제발전사에 큰 별이었던 정주영 씨의 이야기를 들으면 느끼는 것이 많습니다. 작년 한국 경제사의 '기업가 정신을 가장 잘 느낄 수 있는 말' 중 으뜸인 것으로 그분이 했던 "이봐, 해봤어?"란 말이 선정되었습니다.

북한지역인 강원도 청천이 고향인 정주영이 초등학교를 졸업하고 집을 뛰쳐나와 서울의 한 쌀가게에서 머슴으로 일할 때의 얘기입니다. 가게 주인이 일을 시켜놓고 보니 주인보다 먼저 나와 가게 주변을 깨끗하게 청소하고 손님 맞을 준비를 하는가 하면, 퇴근 시간에도 뒷정리며 장부 정리까지 해놓았다고 합니다. 가게 주인은 이런 주영이 마음에 쏙 들었답니다. 몇 년 후 가게를 아들에게 물려줘야 할 시점이 왔는데, 일에 관심이 없는 아들에게 물려주자니 망할 것 같아 정주영에게 물려주었습니다. 그때부터 쌀가게 주인이 돼 승승장구하여 그것을 바탕으로 오늘날 현대라는 대기업을 만들었습니다.

주인처럼 일하면 반드시 주인이 될 수 있고, 머슴처럼만 일하면 머슴으로 마칩니다. 주인은 종업원에게 어떤 것을 원할까요?

『비서처럼 하라』란 책이 있는데 이 책을 읽어 보면 더 많은 것을 배울 수 있습니다. 비서를 했던 분들은 대부분이 사장이나 높은 지위에 올라간 것을 볼 수 있습니다. 우리 직장에도 실장, 본부장으로 사장 비서 출신이 많습니다.

9. 숫자로 표시해라, 숫자관리

공사 간부들은 성과급 급수에 민감합니다. 나는 S급이다, A급이다, C급이다, D급이다 등등. 간부들은 이 급수에 따라 자신의 기본급에 등급별 퍼센티지를 곱해서 성과급이 지급됩니다. 알다시피 여기 계신 인턴 여러분도 개인별로 점수를 매겨, 일정 점수 이상이 되셔서 이 자리에 계시는 것입니다.

직장에서는 출퇴근 시간부터 근무성적, 직급, 봉급 등 모든 것이 숫자로 표시돼 여러분을 관리합니다. 병원에서 여러 검사를 해보셨죠? 건강을 체크할 때 몸무게부터 맥박 수, 혈압, 눈, 청력 등 모두 수치화돼 나옵니다. 병원도 수치를 보고 상태를 진단합니다.

숫자가 그렇게 중요한데 의외로 관리하지 않는 사람이 많습니다. 수치로 적혀 있으면 비교를 쉽게 할 수 있고 양적 측도를 나타내는 데도 유용합니다. 모든 자료는 수치로 정리하고 수치로 관리하는 습관을 들이기 바랍니다. 수치관리, 이것 또한 직장생활에 기본입니다.

10. 사람을 공부해라

똑같은 일을 여러 명에게 시켜 보면 사람에 따라 큰 차이를 볼 수 있습니다. 내용의 깊이와 속도, 그리고 분석력 모두 다릅니다. 그중에서도 남다르게 더 잘하는 사람이 분명 있습니다. 그런 사람은 누구든 좋아하고 뽑아가려고 합니다. 몇 번을 언급했지만 잘하는 사람, 인기 있는 사람 하는 대로 따라 하는 것도 좋은 방법입니다. 많이 관찰하여 다른 사람과 차이를 파악하여 내 것과 비교해 봐야 합니다. 다른 방법으로 함께 생활하는 분들께 나의 장단점을 평가해 달라고 하여 잘하는 것은 더 잘하고 못하는 것은 고치려고 노력하면 됩니다. 젊을수록 고치기 쉽습니다. 나의 단점을 빨리 보완하시기 바랍니다.

오늘 강의에서 말한 10가지의 기본들을 머릿속에 넣고 가길 바라고, 주인처럼 일해서 목표로 삼는 위치까지 오르시길 바랍니다. 덧붙여 행복한 직장 생활 하는 방법 3가지를 알려드리겠습니다.

● 행복한 직장의 조건 3가지

1. 모든 것에 긍정적이다

인터넷을 검색하다 보니 박지성 선수의 초등학교 3학년 때 일기가 있어 올려 봤습니다.

『3월 3일 일요일 날씨 : 맑음.

제목 : 예식장에 간 일

오전 12시에 한복을 입고 안양 왕궁예식장으로 갔다. 결혼하는 사람은 내가 누나라고 부르는 사람이다. 참 이뻤다. 나는 결혼하는 걸 봤는데 잘 어울리는 한 쌍이었다. 나는 예쁜 여자와 꼭 장래에 결혼을 할 거다. 참 피곤하였지만 즐거운 하루였다.

3월 23일 금요일 날씨 : 비

나는 감기가 걸렸는데 축구를 하면 더 걸릴 줄 알면서 하라 그랬는데 비가 와서 안 했다. 나는 이렇게 생각했다. 하느님이 내가 감기에 걸린 줄 아시고 비를 내려 나를 축구를 안 하게 해 준 것 같다. 오늘은 운이 좋은 날이다.』

어떻습니까? 박지성 선수는 어린 나이에도 긍정적 사고를 가졌던 것 같지요? 아마 이런 긍정 마인드가 있었기에, 아시아를 대표하는 훌륭한 축구 선수가 되지 않았을까 생각합니다. 긍정적인 생각은 노화의 속도도 늦춘다고 하니 직장생활의 덕목이기도 한 긍정적 사고를 가지시길 바랍니다.

2. 의미를 부여한다

건축현장에서 벽돌을 쌓는 분을 보고 뭐라고 합니까? 전문적이지 않고 하찮고 막일을 할 때 보통들 '노가다' 한다고 합니다. 프랑스의 그 유명한 베르사유 궁전입니다. 이 궁전을 지은 사람도 똑같이 건축공사 하는 분이었겠지요. 멋진 궁전을 짓는 사람을 노가다 한다고 말합니까? 예술가라 부릅니다.

똑같은 일을 하더라도 보는 사람에 따라 '노가다'로, '예술가'로 불립니다. 직업의 이름도 미용사를 헤어디자이너라 부르고 택시운전사도 택시기사로, 보험모집원도 생활설계사라 부릅니다. 무슨 일이든 의미를 부여하면 즐거워지고 자부심도 생깁니다.

3. 인간관계를 잘한다

여러분, 개그우먼 박경림과 2002년 월드컵 4강 신화를 이끌었던 히딩크 감독을 기억하십니까? 히딩크 감독은 박경림 결혼식에 초대받아 하객으로 축하해 주려고 멀리 네덜란드에서 비행기를 타고 왔습니다. 대단하죠? 박경림의 인간관계가 그 정도로 폭이 넓다는 걸 알 수 있습니다. 결혼식 날엔 하객이 넘쳐나 식장에 못 들어간 사람이 많았을 정도였다고 합니다. 박경림은 하루에 몇 군데씩 지인들의 경조사에 다니느라 주말에는 거의 집에 머무를 수 없다고 합니다.

직장생활을 하다 보면 '사람을 알면 일을 절반 이상 했다'고 하는 말을 자주 듣습니다. 업무를 처리하기 위해 부탁할 일이 생길 수도 있고 협의해야 할 일도 자주 있습니다. 근무 당시 친하게 지냈다면 큰 문제가 없겠지만 그렇지 않다면 곤란할 때도 있을 수 있습니다. 지금 나랑 직접 관계가 없는 사람이라도 어쩌다 도움을 받을 상황도 생깁니다. 사람 관계가 그렇게 중요합니다. 내 옆의 상하좌우부터 관심을 가지시길 바랍니다.

G-train : 서해금빛열차

장항선을 타고 서해의 갯벌, 섬, 낙조 등 서해안 해양생태를 느낄 수 있는 관광열차이다. 한옥식 온돌마루와 족욕시설을 갖추고 있다. 용산~천안~장항선~익산 간 운행

* 매주 월, 화요일 운휴, 온돌마루실은 3~6명이 이용 가능하다.

제5열차

Under stand
거꾸로 행동하기

1. 찾아가는 현장활동(삼랑진)
2. JR큐슈철도산악회 회원들과
3. 김현수, 장미희 커플 결혼 전에
4. 부산 와서 우리 집 첫손님(내일로 회원)
5. 부산에서 제일 오래된 빵집

함께

2014. 2. 27

"지금 사랑하는 남편들이 댁으로 달려갔습니다. 중간에 한 번 확인하시기 바랍니다. 좋은 밤 보내세요.^*^" 정시에 퇴근해 가족과 함께 하는 날인 러브데이 첫날이라 직원 부인들께 이런 문자를 보냈다. 물론 직원들에게도 사전에 이런 문자를 보낸다고 알려두었다. 직원들을 다 퇴근시켜 놓고 부산 총각(?) 두 명과 함께 저녁 식사를 하고 집에 돌아오니 가끔 보던 TV 드라마가 나왔다.

"내가 사랑한다고 했지만 좋은 곳에서 와인 한잔 못 했잖아. 같이 와인도 마시고 분위기 있는 곳에서 맛있는 식사도 하자." 현우가 이렇게 말하니 "아니야, 난 지금 이렇게 가만히 함께 있는 것만으로도 좋아." 라고 드림이 대답하고 자신의 몸을 현우 어깨에 기대며 두 사람이 하나가 돼 아무 말 없이 침묵이 흐른다. 앞에 TV에 나오는 그 장면을 보니 사랑은 말과 행동이 필요 없고 함께 있는 것만으로도 충분하다는 것을 느낀다.

며칠을 앓아 핼쑥해진 아내가 지난 일요일 부산에 내려왔다. 이틀을 함께 있으면서 내가 아무것도 해준 것도 없고 같이 있기만 했는데 화요일 오후엔 밝은 얼굴로 돌아왔다. 어제저녁 하루지만 우리 직원들이 가족과 함께 사랑이 넘치는 시간을 보냈으리라 생각된다. '사랑은 노래를 타고' 드라마의 한 장면에 나오는 것처럼. 사랑은 그 어떤 것보다 함께 얼굴을 맞대고 있는 것만으로도 충분하니까.

생글생글

2014. 2. 26

출근해서 사무실에 도착하면 7:50~8:00 사이가 된다. 이때쯤 꼭 만나는 사람이 있다. 복도에서 사무실 쓰레기를 치워 주는 분과 녹즙을 배달하는 아줌마다. 아침마다 만나지만, 얼굴에 나타나는 인상이 생글생글하다. 부산에 온 지 얼마 안 된 시점에 녹즙을 신청해서 받아 마시기 시작했다.

"저도 내일부터 녹즙 하나 주세요." 그 소리에 녹즙 배달 아줌마는 방긋 웃고는 좋아하며 이것저것 종류를 말해 주었다. 난 기관지에 좋다는 백년초 녹즙을 신청했다. 그날은 문득 예전 서울에서 공부하며 시험지 배달할 때가 생각났다. 누가 한 부를 신청하면 기분이 참 좋았다. 부수 확장 수당도 받지만, 전체적으로 배달 수당도 늘어나기 때문이었다. 아마 녹즙 아줌마도 그런 심정이란 생각이 들었다. 난 건강해 좋고 아주머니는 수당 늘어 좋고.

매일 아침 만나는 아줌마를 볼 때면 녹즙 하나 신청한 게 참 잘했다는 생각이 들었다. 난 택시를 탈 때도 그런 생각을 한다. '택시기사가 월급 2백만 원도 못 받는다는데.'라고 생각하면 택시비가 좀 나와도 아깝지 않다. 몇백 원 거스름돈을 받지 않을 때도 좋다. 예전에 어떤 분에게 봉급명세서에 건강보험료를 볼 때마다 뿌듯하다는 말을 들은 적 있다. "내가 좀 더 낸 돈이 가난한 분들 의료비에 쓰인다니 가만히 앉아서 봉사하는 게 아닌가?" 내수경기가 최악이어서 개인회생 절차를 밟고 있는 사람이 계속 증가하고 있다고 한다. 우리 집 앞 구멍가게에 물건 하나를 더 사야 하는 시점인 것 같다.

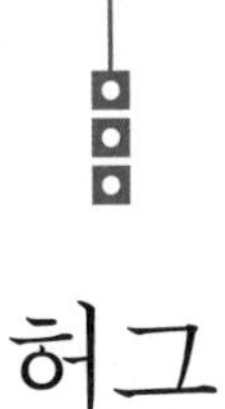

허그

2014. 2. 24

대전에 있을 때 장애를 고의로 낸 직원이 있었다. 처음엔 직원 소행인 줄 모르고 사업소장이 철도경찰에 신고하자고 요청해 그렇게 했다. 수사가 진행되면서 직원 스스로 한 것으로 밝혀져 난감했다. 알고 보니 그 직원은 이전부터 조직 적응이 어려웠고 더구나 최근에 자식까지 교통사고로 잃자 우울증을 앓고 있었다.

관련 자료를 챙겨 철도경찰에 3번이나 찾아가 소명하여 중한 처벌을 면하게 했었다. 그리고 해당 소속을 찾아가 직원 모두와 포옹을 하도록 한 뒤 두 가지 이야기를 했다. 하나는 밥을 병에 넣고 '미워, 싫어'를, 다른 병은 '사랑해, 좋아해'를 매일 한 뒤 한 달 후에 보니 '미워, 싫어'를 한 병 속에 든 밥은 많이 부패했는데 '사랑해, 좋아해'를 말해준 병 속의 밥은 크게 부패하지 않았다.

호주에서 한 부인이 아기를 출산 중 난산으로 인해 아기가 죽은 상태로 태어났다. 부인은 크게 슬퍼하면서 자신의 자식을 한 번이라도 안아보겠다고 했다. 부인이 아기를 가슴에 안고 미안하다고 말하는 순간 기적같이 살아났다는 이야기를 들려줬다.

이후 그 친구가 잘 적응하고 있다는 소식을 들었고 부산으로 발령났을 때 제일 먼저 그동안 고마웠다는 문자를 보내왔다. 인간은 사랑을 먹고 산다. 그런 점에서 허그HUG는 좋은 표현이다. 나도 집에서 출근할 때 아내랑 애들에게 해 봤지만 잘 안 된다. 토요일 1분 메일에 여승무원과 포옹을 했다고 하니 우리 직원이 '나도 안아 주세요' 하며 댓글을 달았다. 오늘 아침엔 출근길에 가족이나 모든 동료와 포옹 한 번 해 보면 어떨지.

반김

2014. 2. 22

부산에 오니 계단을 이용하지 않아 참 좋다. 사무실에서 집까지 걸어 다녀서 좋고 사무실은 5층이라서 대체로 엘리베이터를 탄다. 이 엘리베이터를 탈 때마다 또 기쁜 이유가 있다. 4층에 계열사인 (주)코레일관광개발이 있는데 출무·종무 신고로 이곳 사무실을 출입하는 예쁜 여승무원들을 항상 만난다. 그냥 함께 엘리베이터를 탔다는 것만으로 기분이 좋다.

어젠 마산에 갔다 오는 길에 2층에서 엘리베이터를 탔는데 갑자기 누가 뛰어와선 와락 포옹하는 게 아닌가. 깜짝 놀라 보니 예쁜 여승무원이었다. 앗, 예전에 함께 근무한 김명현 님이었다. "여기서 딱 만났네." 나도 반가워 안아 주었는데 앞을 보니 동료 승무원이 있지 않은가? 약간 민망하여 내가 말했다. "옛날 애인 만난 것 같죠."

정말 반가워할 땐 그렇게 되는 것이다. 엄마가 멀리 있는 자식이 찾아왔을 때 맨발로 뛰쳐나와 반겨주듯. 애교가 철철 넘치는 후배를 보내고 사무실에 올라오니 조금 전 파업 불참 독려를 위해 마산에서 직원을 만난 것과 너무 대조적이었다. 날 반겨주지도 않은 직원들 모아 놓고 초등학교 교장 선생님 일장 훈시하듯 하고 왔으니. 언제 그 친구들이 뛰쳐나와 정말 반가워 날 포옹해 줄까?

*김명현 님은 2006년도에 본사 전기계획팀에 나랑 함께 근무하다 코레일관광개발 승무원으로 자리를 옮겨 근무하다 퇴직했다.

조명

2014. 2. 21

3년 전 홍콩에 갔을 때다. 역시나 화려한 홍콩의 밤거리를 실감할 수 있었다. 대형건물마다 경관조명이 설치돼 있고 광고판도 화려했다. 밤새 켜 놓은 조명의 전기료가 엄청날 것 같아 가이드에게 물었더니 정부가 전기세를 모두 낸다는 의외의 답변을 들었다. 왜냐하면, 전기료보다 화려한 조명을 보러 오는 관광객들을 끌어들이는 효과가 더 크기 때문이란다.

난 출근할 때 집을 나서면서 방의 불을 켜 놓고 간다. 혼자 사는 사람들이 가장 싫은 것은 퇴근해 집에 오면 아무도 반겨주지 않는다는 것. 더구나 조명까지 꺼져 있을 땐 썰렁하기 그지없다. 그래서 일부러 켜 놓는다. 불이 켜져 있다는 것은 왠지 모르게 따뜻하고 포근한 감을 느낀다. 출근한 사무실의 내 자리에 불이 켜져 있을 때 기분이 좋은 것도 그런 이유다. 스위치 ON은 그래서 살아 있다는 것 아닐까?

부산에 부임한 지 얼마 안 돼 부산역의 얼굴인 역명의 일부 글자 조명이 불량해 꺼져있다는 것을 알았다. 대수롭지 않게 생각했는데 아뿔싸, 급기야 모 신문 기자가 그걸 취재해 기사화했다. 바로 조치를 했다. 백여만 원이 들었다. 어제는 삼랑진역에 갔더니 녹슬고 녹물이 흘러 자국이 난 역명이 보였다. 그걸 보니 세수 안 한 내 얼굴 같아 부끄러웠다. 살아있는 것은 켜져 있어야 하고 깨끗해야 하지 않을까?

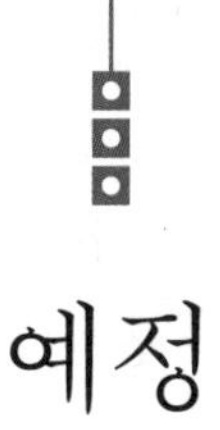

예정

2014. 2. 14

어제 아침 폰에 문자가 떴다. "오늘 중으로 자기부상열차 자문비를 입금할 예정입니다. 정남철" 이렇게 왔다. 기분이 나쁘지 않았다. 지난번 철도공단에 설계심의 자문을 갔었는데 오늘 그 자문비를 입금한다는 것이다. 이 문자를 보니 처용가가 생각이 났고, 전에 받은 교육 중 통화에 앞서 "지금 전화통화 괜찮습니까?"를 물으라는 예절교육 내용이 생각났다.

"서울 밝은 달에 밤들이 노니다가/들어와 잠자리를 보니/가랑이가 넷이도다./둘은 나의 것이었고/둘은 누구의 것인가?/본디 내 것이지마는/빼앗긴 것을 어찌하리오?" 이 처용가를 읽을 때마다 느끼는 것은 처용이 참 잘못했구나 하는 생각이 들었다. 집에 들어갈 때 사전에 마나님께 들어간다고 알리고 가야 하는데 그걸 소홀히 해 그런 꼴을 당했으니 요즘 같으면 간땡이가 부은 놈? 아닐까?

난 대전 있을 땐 퇴근 시간이 되면 "오늘 집에 가서 식사합니다."라고 문자 보냈다. 미리 준비하란 뜻이다. 미리 알려 주는 것은 상대방에 대한 배려이고 준비할 수 있는 시간을 주는 면에서 참 좋다. 출장을 갈 때도 일상에서도 예고하는 습관은 생활의 기본이다. 일을 미리미리 챙기고 일정관리가 그래서 중요하다.

"처장님, 오늘 저녁 식사 맛있게 잘 먹었습니다." 우리 본부 홍보를 담당하는 송영호 과장이 보낸 문자다. 역시 다르다. 답장을 확인하면서 친밀감을 급상승시킨다. 사전에 예고하고 마무리 짓는 습관은 고수가 되는 지름길이다. 송영호님은 현재 울산역 여행센터 센터장으로 근무 중이다

예쁜 행동

2014. 2. 13

파리의 상징인 에펠탑은 당초 파리박람회 상징물로 1889년에 건립되었다. 당시 파리 지식인과 시민들은 흉물스런 철조구조물이 파리 풍경을 망친다고 극렬히 반대하자, 정부는 30년 후 철거를 약속하고 추진했다. 그 후 2차 대전이 끝나고 철거를 하려고 하였으나 탑 꼭대기에 있는 방송 송신탑 때문에 철거할 수 없게 되었다. 또 파리 시민들도 그동안 아침저녁으로 보아 온 탑에 정이 들었기도 했다. 더욱이 파리를 다녀간 관광객들이 에펠탑이 파리의 볼거리라고 선전하자 에펠탑은 자연스럽게 파리상징물이 되었다.

이젠 파리 시민들이 가장 사랑하는 건축물이 되었는데, 이후 '에펠탑 효과'란 용어가 생겨났다. 자꾸 보면 좋아지고 남들이 좋아하면 나도 좋아지게 된다는 것. 사람도 마찬가지다. 처음엔 단순히 겉모양만 보고 판단하지만, 자꾸 대하면 속마음까지 얼굴에 비쳐 좋아진다. 더구나 예쁜 행동이나 멋지게 잘하는 것을 보면 그런 상황은 극에 달한다. 어젯밤에 울려 퍼진 소치의 낭보 이상화가 그런 것 아닐까?

김연아가 그렇고 가수나 연예인, 운동선수들이 대부분 그렇다. 노래를 잘 부르고 연기를 잘하면, 운동을 잘해 우승하면 저절로 예쁘게 보인다. 직장에서도 마찬가지다. 일을 잘하는 사람은 예쁘게 보일 수밖에 없다. 특히 여직원이 일까지 잘하면 훨씬 더 그렇다. 어제 태화강역과 기장역 제설작업 현장을 찾았다. 태화강역 광장에 들어서자마자 눈 치우는 직원들을 보며 나도 넉가래를 잡았는데 옆에 여직원이 열심히 눈을 치우고 있었다. 눈을 다 치우고 역장을 만나 애로사항을 들으려고 부역장을 불러라 했더니, 아까 눈 치우던 그 여직원 아닌가? "여긴 예쁜 사람만 부역장 시켰나?" 했더니 얼굴이 환해졌다.

기장역에 갔더니 세 사람이 근무라는데 6명이나 근무하고 있었다. 왜 사람이 이렇게 많으냐고 했더니 비번인 사람이 3명이나 퇴근하지 않고 함께 눈을 치웠다고 했다. 여직원이 역장인데 이틀 동안 집에도 가지 않고 눈을 치웠다고 했다. 그 말을 듣고 보니 정말 예쁘게 보였다. 행동이 얼굴에 비쳐 예쁘게 보이는 현상은 나만 그렇게 느끼는 건 아닐 것이다.

스스로

2014. 2. 11

아침 7시 이전엔 가급적 문자를 보내지 말라고 했는데도 어젠 새벽부터 내 휴대폰이 삐리릭 울렸다. 카톡 그룹과 밴드에 메시지가 떴다. 울산역에 눈이 왔다는 것과 일부 신호설비가 장애가 있다는 보고였다. 지장수목이 열차운행에 지장을 준다는 보고가 올라오고 눈이 내린 사실에 대한 부산사람들의 놀라움도 사진과 함께 붙어왔다. 내가 해야 할 일은 인력지원이어서 급히 신호팀에 울산역 지원인력을 파견하라고 올렸다.

별도로 지시하지 않아도 스스로 정보를 올리고 공유하여 처리되고 있다. 우리가 원하던 대로 돼가는 것이다. 이런 방식은 우리나라에선 인터넷쇼핑몰에서부터 시작되었다. 옥션, 인터파크 같은 사이트가 대표적이다. 시장판을 만들어 놓으면 장사꾼과 소비자들이 사고팔고 하며 알아서 움직인다. 놀 수 있는 판만 벌여 놓으면 필요한 사람들이 알아서 움직인다.

철도에서는 V-트레인 같은 관광 열차가 비슷한 것이고, SNS도 비슷하다. 페이스북이나 트위터, 카톡이나 밴드도 그렇다. 요즘은 회식할 때도 식당을 정하는 것이 아니고 '몇 명이 이런 음식으로 이런 가격에 회식을 하려고 합니다.'라고 앱에 올리면 식당들이 '이런 조건으로 해 드립니다' 하는 식으로 변하고 있다.

스스로 하게 만드는 것. 자신이 하고 싶은 일을 자연스럽게 알리고 일이 되도록 하는 시스템이 신나는 세상이다. 며칠 전에 신문광고에 난 책 이름이 생각난다. 『팔지 말고 사게 하라』 우리가 만들어 놓은 카톡 그룹이나 밴드도 이런 시스템 아닐까. 스스로 정보를 공유하고 해결책을 찾아가는 시스템. 재미있고 신나게 일할 수 있는 방식이 아닐까.

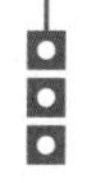

꽃다발

2014. 2. 7

"꽃다발 하나 준비했는가?", "네, 확인해 보니 못 했답니다.", "그럼 빨리 하나 준비해 오게." 그렇게 말하고 회식 장소에 갔다. 이번 회식은 사업소장, 팀장들과 처음 갖는 회식자리였는데, 우리 방에 있다가 선임장으로 발령 난 전기훈 과장 송별회를 겸했다. 전 과장 인사 차례였다. "본부에서 꽤 오래 근무했지만, 송별회 때 꽃다발 받은 것은 처음인 것 같습니다. 감사드립니다."

사실 내가 부산으로 발령 나던 날 난 미리 알았기 때문에 연차를 내고 아내랑 서해안에 바람 쐬러 갔었다. 출발하여 얼마 못 가 발령 소식을 들었고 조금 있다 그날 저녁 송별회를 한다고 연락받았다. 저녁때돼 송별회 장소에 갔더니 이미 본부장 및 다른 처장까지 함께 참석한 자리였다. 승무처장이 먼저 말을 꺼냈다. "전기처 송별회 거창하네." 그 말에 본부장까지 거들었다. "지난번 내 송별회 때도 이렇게 못 받았는데." 그 말에 기분이 나쁘지 않았다.

"사랑합니다. 존경합니다. 〈방구똥 총장님〉"이라 적힌 종이 플래카드 한 장 붙인 것과 앨범 전달이 남달랐기 때문이다. 그동안 퇴직하는 선배님이나 파트장 등 송별 때마다 내가 준비하라고 했던 것을 그냥 했을 뿐인데 그분들께는 색다르고 거창하게 보였나 보다. 꽃다발 하나가 감사와 기쁨으로 나타났다.

첫 손님

2014. 2. 6

"처장님 오늘 부산 가면 뵐 수 있을까요?", "네, 오늘은 쭉 사무실에 있을 거예요. 오시면 연락 주시길." 그렇게 페이스북 메신저로 연락해 놓고 기다렸는데 퇴근 때가 다 돼도 연락이 없어 내가 다시 물었다. "몇 시에 도착할까요?", "아, 10시쯤 부산역에 도착 예정입니다. 그때까지 근무하고 있지 않지요?", "당연 난 그때쯤 잠자리 들어갈 시간인걸, 잘 데 없으면 우리 집에 와 같이 자면 돼요.", "난 좋지만, 일행이 있어 물어봐야겠네요."

페이스북 친구가 부산에 온다며 연락이 왔는데 아홉 시 반쯤 도착했다고 연락 왔다. 난 혼자인 줄 알고 우리 집에 오라고 했는데 도착한 친구들이 다섯 명이나 되었다. 그렇게 하여 나의 부산 집 첫 손님으로 얼굴도 모르는 페북 친구 대학생 다섯 명을 맞이했다. 난 단지 하루만 약간 불편하면 되는데 이 친구들에게 안전한 무료 잠자리를 제공해 줄 수 있다니. 이들이 또 모두 '내일로' 여행객들이라 더욱 좋다.

사람 사는 곳엔 항상 사람이 많이 와야 한다. 페이스북 친구나 트위터 친구나 마찬가지다. 우리 열차에도 승객이 많아야 수입도 오르고 기차가 씽씽 달릴 수 있듯이. 경조사나 행사에도 사람이 많이 와야 한다. 사람이 모이는 곳엔 경제가 살고 사람이 모이는 곳엔 힘이 있고 생기가 돈다. 서양속담에 '사람이 가지 않은 집엔 천사도 가지 않는다'란 말도 있다.

* 이때 온 김현우 친구는 2016년 코레일에 기관사로 입사해 수도권서부본부 구로승무사업소 기관사로 근무중이다.

1인분

2014. 2. 5

혼자 사는 사람들의 가장 큰 애로 사항은 식사다. 예전에 수도권서부본부에서 근무할 땐 직접 밥을 해 먹었는데 조금만 게을러지거나 관리를 못 하면 음식은 남고 날짜는 지나가 버려 쓰레기만 양산하곤 했다. 결국, 마지막엔 사 먹고 말았는데 그 이유는 혼자 먹는 밥이 맛이 없고 1인분 밥은 절대 제맛을 못 내기 때문이다.

밥이나 국이나 여러 명이 먹도록 푸짐하게 끓여야 양념이 잘 섞여 제맛이 난다. 그런 밥을 몇몇이 모여 옹기종기 이야기도 하고 얼굴도 보며 먹어야 맛있다. 1인 경기보다 팀을 이룬 경기가 더 재미나고 관중이 많다. 가수들도 요즘은 솔로보다 그룹이 대세다. 일도 똑같다. 혼자 아무리 잘하는 달인이라 해도 함께하는 동료를 무시하면 불협화음이 난다.

독불장군은 조직사회에서 통하지 않는다. 축하할 일 있어도 옆의 동료가 박수쳐 주지 않는다면 무의미하다. 어제 마산지구에 들러 직원들과 이야길 나누었는데 그중 한순필 님이 한 말에 박수를 많이 쳤다.

'혼자만의 잘되는 행복은 진정한 행복이 아니고 함께 있는 다른 동료들이 같이 행복할 때 더 큰 행복감을 느끼는 것 같다.'는 말씀. 뭉쳐야 산다. 함께 가야 멀리 간다. 융합이 대세고 하모니가 더 아름다운 소리를 낸다.

직업

2014. 2. 3

어젠 아침에 일어나자마자 아무 생각 없이 가방을 쌌다. 아내가 "이 시간에 당신, 뭐 하려고?" 한다. "응, 여기 있으니 마음이 편치 못해. 놀아도 부산 가서 놀래." 그래서 요기 삼아 준 사과 몇 쪽과 과일즙을 마시고는 대전역으로 향했다. 7시 20분이다. 아내가 대전역까지 자동차로 태워주어 고마웠다.

철도인은 나뿐만 아니고 모두 같다. 사무실 근처에 가 있어야 마음이 편하다. 새집을 구해도 기찻길 옆을 선호하고 어디 야유회를 가더라도 비상출동이 가능한 위치부터 찾는다. 이게 직업정신이다. 세부적으로 보면 시설분야 직원은 궤도나 교량 등 구조물만 보고 다니고, 전기분야 직원들은 하늘전차선과 땅레일 이음매나 선로전환기만 집중적으로 관찰한다.

마음의 중심을 자기가 하는 일에 두는 사람은 그 직업에, 직장에 충실한 사람이다. 잠을 잘 때도 휴대폰을 머리 부근에 두고 자는 것도 마찬가지다. 진동으로 두면 수시로 들여다보게 된다. 그러다 보니 나로

서는 문자나 카톡으로 몇 자를 때리면 바로 소식이 안 오면 답답하다.

나랑 사는 아내나 우리 집 아이들은 피곤하다. 우리 직원들도 다 피곤해할 거다. 아마도 난 퇴직할 때까지 똑같을 거다. 부산에 도착해서 점심 먹고 나니 천안 부근에서 새마을호에 문제가 발생했다는 소식을 접했다. 에그, 직업은 못 속인다. 아마 퇴직 후에도 철도 소리 나면 귀 쫑긋 세울 것이다.

얼굴

2014. 2. 2

엄마, 사랑, 열정 이 세 단어가 세상 사람들이 가장 좋아하는 말이란다. 그중에서도 엄마가 첫 번째라고 한다. 그런 엄마를 만나러 시골로 갔다. 설이 지났지만, 어머님께 얼굴 보여 주는 것이 당신께 드리는 가장 큰 선물이기 때문이다.

지난 설날엔 비상근무라 어머니 뵈러 못 가고 아내랑 아들만 보내 놓고 나니 마음이 영 편치 못했다. 설 전날 늦게 시골에 도착한 아내는 밤 열 시가 넘어 사진 한 장을 카톡으로 보내왔다. 어머니랑 아내랑 함께 얼굴 맞대 찍은 사진, 소위 인증샷이란다. 기분이 좋았다. 나도 내 얼굴을 셀카로 찍어 한 장을 날렸다.

설 다음 날 어머니를 뵈러 울진에 갔다. 아내가 내게 말했다. "어머님 선물로 뭐 사 왔어?" 아차 미처 선물을 준비하지 못했는데. 얼떨결에 대답했다. "내 얼굴이 선물이지. 어매께 이보다 더 좋은 선물이 어디 있어?" 옆에 계신 어머니가 맞장구쳐 주었다. "맞아 아들 얼굴 보는 게 최고야!"

홀딱

2014. 1. 30

부산에 처음 발령받았을 때 기분이 좋지 않았다. 또다시 객지생활을 해야 한다는 부담도 있었고, 거리까지 꽤 먼 것 아닌가? 그런 기분을 내색하지 않고 부산에 첫발을 내디딘 날, 예상과 달리 상쾌한 기분이 들었다. 우선 추위를 싫어하는 내게 날씨가 대전보다 5~6도나 높아 춥지 않은 게 제일 좋았다.

아, 그러고 보니 내가 첫 기차여행을 한 곳도 여기 부산이다. 용두산공원, 태종대, 자갈치시장을 걸었던 일이 엊그제 같은데. 첫 사랑한 여인을 사귄 곳도 부산이고, 학교 다닐 때 실습으로 온 곳도 여기 부산이다. 울 아버지 돌아가시기 전 팔순잔치 대신 우리 가족 모두 함께 여행 온 곳도 여기 부산이다.

초등학교 동창 예닐곱 명이 부산에 살고 있고, 내 사촌 재종형들도 열 식구 이상 살고 있다. 아! 군 복무 당시 위문편지를 나누던 초등학생도 여기에 산다. 부산 갈매기가 날 반기고 광안대교 앞에서 홍보실 직원들과 회식하던 곳도 여기 해운대이고 광안리다.

컨테이너 하역용 기중기가 우뚝 솟아 있고 국제여객터미널이 지어지고 바다 위 대교가 건설되고 터널이 뚫리고 외국인들이 가끔 보이는 이곳. 부산은 활기차고 직원들이 날 반기니 어찌 부산을 좋아하지 않을 수 있겠나. 부산이 좋다. 비록 이틀간 비상 출동하여 울산, 부산신항역을 새벽같이 갔다 왔지만, 홀딱 반하도록 좋아진다.

이동

2014. 1. 28

대전에서 발령 나기 하루 전 상을 당한 직원이 있어 문상을 갔는데 문상객들이 많지 않은 것을 보고 마음이 아팠다. 확인해 보니 한 곳에서만 너무 오래 근무를 하여 아는 사람이 많지 않아 그렇다고 하였다.

결국, 교류가 없으니 같은 소속직원 외에는 친한 사람이 없다는 것이었다. 난 이번 발령으로 32년 근무에 21번 자리를 옮겼다. 그래서 별로 사교적이지 않지만 아는 사람들이 조금 많다. 내 폰에는 3천 명이 넘는 번호가 담겨있다. 가는 곳마다 현지 사정도 대충 안다.

인사이동이 사람들을 사귀게 하고 조직에 활력을 불러일으킨다. 처음 가면 모두 새롭게 보인다. 변화가 생겨나고 무언가 바뀐다. 물은 흘러야 깨끗하고, 피가 잘 통해야 건강하고, 돈이 돌아야 경제가 살듯이.

요즘은 한 동네서만 계속 사는 사람을 촌사람이라 한다. 이곳저곳을 옮겨 다녀봐야 안목도 넓어지고 어디를 가든 적응력이 생긴다. 사람 많이 아는 것이 조직생활의 답이다. 한곳에 오래 있지 마라. 자진해서라도 자리를 옮겨봐라. 그러면 스스로 변화하게 된다.

선제공격

2014. 1. 27

"다른 것은 몰라도 이것만은 바꾸어 놓아라." 내가 발령이 나고 새로운 분이 온다는 것을 직원들에게 알려주었다. 일요일 아침, 사무실에 나가 보니 내가 앉았던 책상머리에 '전기처장 고○○' 하고 명패가 바뀌어 있었다. 군대 있을 때 우리 중대장은 동원 훈련을 받으러 오는 예비군들 계급과 성명을 미리 관물대에 써 붙여 놓으라고 지시했었다. 예비군들은 내무반에 들어오자마자 자기 이름표가 있는 침상에 앉아 엄청 좋아했다.

부산에 도착하기 전에 부산경남본부 전 직원들 휴대폰 번호를 내 휴대폰에 일괄 등록했다. 그것도 이름 앞에 p자를 붙여 일괄검색이 되도록 해 두었다. 그랬더니 카톡에 자동 등록되는 사람이 246명 중 221명이 떴다. 나머지 25명은 스마트폰이 아니거나 카톡을 사용하지 않은 분들이다.

바로 부임예정 인사 멘트를 날렸다. 전기처에서 몇 명만 가입한 밴드 가입도 요청했다. 반기며 기대한다는 답장들이 부산뿐 아니라 마산, 진주 등에서 날아왔다. 일단 반응이 참 좋다. 어떤 분은 갑자기 손가락이 바빠지면서 눈이 아파 죽겠다고 하소연까지 했다.

미리 불편한 것들을 정리해주는 것은 상대방을 배려하면서 호감을 갖도록 하는 방법인데, 고수들이 하는 방법이다. 일이나 강의나 공부나 사람 대하는 것에서 '미리미리'는 선제공격 포인트를 올려 기선을 제압하는 전략이다. 일하는 방법 중에 제일 유념해야 할 덕목이다.

고수광고

2014. 1. 11

서대전역에 다녀왔다. 오늘은 명품 관광 열차 S-트레인 서대전역 출발 개통식이다. 아침 일찍 나갔는데 맞이방에 사람들로 시끌벅적하다. 이렇게 사람이 많을 줄 알았으면 걱정도 안 했을 텐데. 본부는 직원들에게 부담을 주며 난리를 피웠다. 개통식장 세트가 거창하다. 앰프가 설치되고 의자 스크린 등 좀 요란스럽다.

사무실에 와 『일생에 한 번은 고수를 만나라』는 책을 펴들었다. 때마침 펼친 페이지에는 '고수는 스스로 광고하지 않는다'란 글귀가 내 눈에 쏙 들어왔다. 동네 헬스장, 식당에서 장사가 안 될 때 전단지 광고를 막 뿌린다는 것이다. 이것은 우리 집 장사 안 된다고 광고하는 것이란다. 맞는 말이다.

명품은 절대 광고하지 않는다. 어제 TV 뉴스에 보니 우리나라 명품은 EU와 FTA가 발효돼 관세가 붙지 않는데도 관세를 물고 있다고 한다. 그래서 소비자는 20% 정도 더 비싸게 돈을 주고 우리나라 명품을 산다고 한다. 명품은 비싸야 잘 팔린다. 그래서 굳이 FTA 때문에 싸졌다고 광고하지 않아도 된다는 것이다.

'대한민국 올해를 빛낸 히트상품'에 V, O-트레인이 선정되었다는 기사가 눈에 확 들어왔다. 이 열차는 광고하지 않아도 몇 달간 예약이 꽉 차 있다. S-트레인도 그런 날이 오겠지! 사람도 마찬가지란다. 고수는 광고하지 않아도 남들이 알아준다.

해결

2014. 1. 2

지난해 11월 이사를 한 아파트는 안방 화장실이 작아 좀 불편했다. 대체로 나 혼자 사용했는데도 한 달 만에 세면대의 물이 잘 빠지지 않고 급기야는 바닥배수구까지 막혔다. 바닥배수구는 하수구 덮개를 열어 속 밑바닥을 쑤셨더니 뚫리기 시작했다. 손을 넣어 휘저었더니 마침내 물이 내려가기 시작했다.

세면대 물은 영 잘 빠지지 않아 기사를 불러볼까 하다가 파업 마지막 전날 집에 가자마자 고쳐 보기로 마음먹었다. 인터넷을 뒤져보니 철사 옷걸이를 이용하여 끝부분을 구부리고 세면대 물 내려가는 파이프를 쑤시면 된다고 적혀있어 몇 번을 시도했다. 그랬더니 정말 신기하게 철사 끝자락에 이물질이 감겨 나오면서 시원스럽게 뻥 뚫렸다.

지나고 보면 항상 문제 된 사항은 쉽게 해결할 수 있는 부분이 많은데 딴 걱정을 할 때가 많다. 뚫리는 것은 아주 사소한 것에서 찾을 수 있다. 새해엔 막힌 구석이 있으면 이런 철사 옷걸이를 찾아야겠다. 철사 옷걸이 하나가 막힌 세면대를 시원하게 뚫듯이.

시간

2014. 1. 1

군 복무 시절 야간 초병 근무 중 졸다가 순찰 나온 선임하사에게 딱 걸리고 말았다. 나와 선임 김 병장은 근무를 마치고 상황실에 불려가 원산폭격머리 박고 양손을 뒤로하는 벌 얼차려를 받았다. 난 10여 분 만에 꼬꾸라졌는데 김 병장은 20~30분 이상 버티었다. 군에서 들었던 말이 '국방부 시계는 거꾸로 매달아 놓아도 돌아간다.'였는데 그 당시 김 병장은 그 정신으로 버틴 것이 아닌가 하는 생각이 지금도 든다.

결국, 시간은 멈춰 있지 않고 흐른다는 것인데 끝을 모른 채 치닫던 파업이 22일 만에 끝이 났다. 결국, 시간 앞에 손을 든 것이다. 시간은 가장 정직한 답이다. 시간이 흐르면 어렵던 문제도 해결된다. 복리는 시간이 흐르면 이익으로 불어나지만, 빚은 이자가 눈덩이처럼 불어난다.

2014년 새해가 밝았다. 시간이 우리에게 주는 교훈처럼 새해는 새날을 우리에게 준다. 시간은 모든 사람에게 공평하다. 가진 사람이나 없는 사람이나, 낮은 사람이나 높은 사람이나 가장 공평하게 주어진다. 그래서 삶의 최선은 시간 관리다. '인생에 있어 가장 큰 죄는 시간낭비다', '시간이 금이다'란 말도 모두 시간 관리가 얼마나 중요한가를 알려주는 격언이다. 결국 인간의 삶은 주어진 시간을 얼마나 유용하게 관리하고 효율적으로 사용하느냐에 달린 것이 아닐까? 새해 아침에.

반극동의 행복강의노트 5

Under stand거꾸로 행동하기

강의 2016. 4. 19

오늘 강의 제목은 'Under Stand'입니다. 영어 언더스탠드의 뜻을 두 단어로 따로 써서 풀어보면 Under는 '아래' 이고, Stand는 '이해하다, 본다'입니다.

먼저 강의에 앞서서 제가 요즘 주말 드라마 '결혼계약'을 재미있게 보고 있는데 보신 분 있어요? 드라마를 보려면 우선 인물 관계도를 먼저 알아야 하는데 여기 한번 보시죠. 이서진과 유이가 주인공인데 이서진은 김용건의 첩의 아들이고 유이는 신랑과 사별하여 딸과 함께 살아가고 있습니다. 남편이 죽기 전에 남겨둔 빚 때문에 사채업자들에게 쫓기며 어렵게 살아가고 있는 상황입니다. 그리고 이서진의 배다른 형은 김영필인데 자신의 아버지로부터 인정받지 못해 늘 불만투성입니다. 이서진은 큰어머니와 함께 살았지만 똑똑하고 총명하여 아버지의 총애를 받습니다. 이서진의 생모 이휘향은 김용건의 세컨드로 살다 쫓겨나 혼자 살고 있는데 간암이 걸려 죽게 될 상태에 놓입니다.

이서진이 자신의 본 어머니가 간암에 걸려 이식수술 외 다른 방법이 없는 사실을 알게 됩니다. 자신의 식당 종업원인 유이가 현실적 선택으로 자신의 간을 이식하겠다고 나서면서 여러 상황이 전개됩니다. 아직 미혼인 이서진은 가족 간 합법적 이식으로 위장하기 위해, 유이에게 장기 제공비를 주려고 거짓 결혼 즉, 계약결혼을 하고 살아갑니다. 그런데 문제는 유이 딸이 이서진을 엄마와 결혼한 새 아빠라고 증언을 해야 하는데, 이 딸이 이서진을 미워합니다. 이서진은 어떻게 하면 어린아이와 친해질 수 있는가를 연구하여 결국 고양이 한 마리를 키우면서 친해집니다. 유이도 이서진의 프로필을 외우는 등 자주 부딪치고 차차 서로의 진심을 알게 되면서 사랑이 싹틉니다.

이 사실을 숨긴 체 이서진의 어머니 이휘향을 만나 간 이식을 하겠다고 하였으나 이휘향은 거짓 결혼한 사실을 알고 거절합니다. 그 후 유이는 진심으로 이휘향을 돌보면서 마음을 얻습니다. 그러던 중에 이서진은 유이도 골수암으로 투병하고 있다는 사실을 알게 되면서 둘은 깊은 사랑의 관계로 발전합니다.

마지막에 이휘향은 스스로 죽기를 각오하고 고향으로 내려갔으나 삶을 포기한 이휘향을 본 오빠가 자신의 간을 이식해 주면서 살아나고 이서진은 유이와 결혼하는 장면으로 드라마는 끝이 납니다. 상대방의 입장을 깊이 이해하게 되면 용서할 수도, 미워하던 마음도 열리게 한다는 것을 느낄 수 있었습니다.

오늘 강의 주제와 비슷해서 이야길 했는데 조금 길지요? 2008년도에 홍보실에서 근무할 때 서울대학교 행정대학원 방송통신정책과정을 다녔습니다. 마지막 세미나를 인천공항 부근에서 하고 단합을 위해 골프를 쳤어요. 그때 스카이72CC 카트 안에 적힌 '캐디 십계명'이란 것을 봤는데 이것이 내 마음에 들어 사진으로 찍어 놓은 것인데 읽어드리겠습니다.

① 첫사랑을 만난 듯 설렘으로 고객을 맞게 하소서
② 어제 실연한 분도 코스에서 웃게 만드는 웃음바이러스 보균자가 되게 하소서
③ 한 분의 고객도 소홀함이 없도록 마음속에 두 개의 눈동자를 더 주소서
④ 코스의 구석구석은 내 옷장보다 훤히 꿰뚫게 해 주소서
⑤ 제 시선의 끝이 늘 날아가는 공과 일치하게 하소서
⑥ '제주도 온'마저도 홀컵으로 인도하는 야무진 손끝을 주소서
⑦ 라이뿐 아니라 고객의 마음을 읽는 능력을 갖게 하소서
⑧ 잘못을 지적하는 고객에게 감사의 마음으로 보답하게 하소서
⑨ 고객의 클럽을 내 몸처럼 소중히 여기게 하소서
⑩ 헤어질 때 다시 만나고픈 그런 캐디가 되게 하소서

1. 바쁜데 안 와도 된다

우리 공사가 처음 시작한 공익광고 포스트는 제가 홍보실에서 근무할 때 처음 내보낸 것인데, '당신을 보내세요'라는 표현이 히트를 쳤어요. 가만히 생각해 봅시다.

명절 때만 되면 부모님은 어떻게 말합니까? "바쁜데 안 와도 된다." 광고카피와 사진을 매칭해 보면 의미를 알 수 있습니다. 당신부모에게

는 가장 멋진 선물이 내자식 몸뚱이를 보여드리는 것입니다. 바쁜데 안 와도 된다는 말은 보고 싶으니 꼭 오라고 하는 역설적 표현입니다. 바쁜데 안 와도 된다는 말만 믿고 명절에 부모님 곁으로 가지 않는다면 불효자가 됩니다.

전 젊었을 때 명절 때만 되면 아내를 2~3일 전에 시골에 먼저 보냈습니다. 처음엔 별말 없더니 나중에 아내가 돌아올 때마다 약간 짜증을 냈습니다. 그 이유를 몰랐는데 언젠가 한 번 저에게 말하는 겁니다. 시집에 먼저 가서 준비하는 것도 서러운데 장을 볼 때도 내 돈 쓰고, 돌아올 땐 어머니께서 수고했단 말도 안 하더라고. 가만 생각해 보니 내 생각이 짧았다는 생각이 들었습니다. 그 후부턴 먼저 가라고 하지도 않았어요. 요즘 젊은 사람들이 들으면 난 벌써 쫓겨날 남편이겠지요. 내 마음이 아닌, 아내 입장에서 생각해 보면 되는 걸 뒤늦게 깨닫게 된 것이지요.

2. 주인 망하라고 퍼 줬어요

'인생은 짧다. 그러니 먹어라.' 재밌는 표현이지요. 식당에 가면 많이 느끼는 것은 반찬이나 곁가지로 주는 것에 인색하다는 것입니다. 고깃집에 가서 야채를 조금 더 달라고 할 때 정말 힘든 식당이 많지요. 내가 좋아하는 식당은 야채는 셀프로 무한정 갖다 먹을 수 있는 집입니다. 어떤 식당 종업원이 주인이 너무 미워서 반찬을 인정사정없이 마구 퍼다 주었답니다. 그랬는데 그 집 식당은 망하지 않고 더 번창하더랍니다. 손님 입장에서 반찬을 맘껏 먹을 수 있으니 얼마나 좋은 일입니까. 입소문이 나서 손님이 더 많이 오게 되었는데 종업원의 작전이 실패로 돌아간 셈이지요.

또 어떤 식당에 가면 처음 주문한 양을 다 먹고 꼭 1인분만 더 먹으면 될 것 같은데 종업원은 2인분 이상 시키라고 강요를 합니다. 그럼 대체로 종업원 요구대로 주문하지요. 그러면서도 한편으로 기분이 언짢아지기 시작합니다. 결국, 나중에 보면 주문한 양을 다 먹지 못하고 남기게 되지요. 그리고 자리에서 일어나 식당을 나올 땐 '에잇 다음부턴 이 식당 오지 말아야겠어!' 하면서 나옵니다. 결과가 어떻게 되었나요? 주인 돈 벌어 주려 했는데 오히려 손님을 잃게 하는 경우지요.

3. 必生則死 必死則生

'명량'이라는 유명한 영화를 못 보신 분 있습니까? 1,500만 관객을 끌어 우리나라 최대관객이 동원된 '명량'은 이순신이 마지막 남은 12척의 배를 이끌고 왜군 330척의 배와 싸워 이긴 세계 해전 사상 유례없는 최고의 전투였지요. 여기서 그 유명한 말을 남겼지요. '살려고 하면 죽을 것이요, 죽으려고 하면 살 것이다.'

여기서도 반대로 하면 산다는 진리를 배울 수 있습니다. 직장에서도 남들이 가장 하기 싫은 일이나 보직을 맡거나 어려운 상사랑 같이 근무하면 다른 사람들이 알아주고 상사가 노고를 인정해 줍니다.

선임장 보직을 처음 받아 간 곳은 태백선 증산전기분소였습니다. 딱 1년 근무하고 더 한가하고 오지인 정선 전기분소로 발령을 받았습니다. 기분이 언짢아 사무소에 인사하러 갔는데 서무계장이 이렇게 말하더군요. "반 수장手長 섭섭하게 생각하지 말게, 정선 분소장과 마음 맞춰 일할 수 있는 사람은 자네가 제일 적격이라 거길 보냈다네." 그 말씀을 듣고 그나마 위로를 받을 수 있었는데 거기서 근무하다 6개월 만에 분소장현업계장 등용시험에 합격할 수 있었습니다. 업무량이 적어 남는 시간에 틈틈이 책을 볼 수 있는 시간이 많았습니다. 그리고 딱 10개월 근무하고 분소장으로 발령받아 첫 부임지인 태백전기분소로 갈 수 있었습니다.

제가 가끔 직장의 달인이란 제목으로 강의를 합니다. 남들이 가기 싫어하는 임시조직이나 T/F 조직에 가라, 회사가 어려울 땐 없어지는 조직으로 자원해라. 상위부서에서 근무해라. 사장과 가장 가까운 업무를 하는 부서에서 근무해라. 인내하고 지내다 보면 실보다 득이 클 겁니다.

4. 못생긴 나무가 산을 지킨다

울진 금강송 아십니까? 유명한 나무인데, 제 고향과 관계있습니다. 울진 서면, 지금은 금강송면으로 바뀌었지요. 소광리에 가면 금강송 숲이 있습니다. 예전엔 춘향목이라 했는데 영동선 철도가 처음엔 영주서 춘양까지만 건설되었어요. 울진 금강송을 베어 춘양까지 이동한 후 열차에 실어 일본으로 가곤 했는데 그때 춘양목이란 이름이 붙여졌다고 합니다.

지금 유명해진 분천역에서 V 트레인을 타면 다음 역이 양원이란 간이역이 있는데 이 동네에서도 걸어 넘어올 수 있습니다. 양원역은 절반은 봉화군이고 길 건너는 제 고향 울진군입니다 비바람이 치고 눈이 와서 오랜 세월 풍파를 겪고도 살아남았는데 쭉쭉 뻗은 좋은 소나무는 모두 일제 강점기 때 베어가고 이 나무만 남은 겁니다. 왜일까요? 못생기고 쓸모가 없기 때문에 이 나무는 베어지지 않고 그 자리에 꿋꿋하게 살아 있습니다.

대전 옆에 새로 생긴 세종시가 건설되기 전에 들은 이야기입니다. 연기군 성남면 등에 가장 많은 토지 보상을 받은 사람들은 대부분 많이 배우지 못했고 순박하게 농사만 지으면서 부모 모시고 산 사람들이랍니다. 똑똑하고 배운 사람은 약삭빠르게 토지를 미리 팔아 대전으로 서울로 떠났는데 그런 계산을 할 줄 모르는 사람들은 부모를 모시고 농사지으며 계속 거기서 살았답니다.

그 결과 세종시 계획이 발표되고 최종적 보상까지 받을 때 모두 떼부자가 되었답니다. 울진 금강송처럼 못생긴 소나무나 세종시 계산 빠르지 못한 사람들이나 비슷한 점이 있는 것 같지요. 세상 살면서 약삭빠르게 대응하는 것도 잘하는 것이란 일반적 통념도 있지만 어쩌면 한자리를 꿋꿋하게 지키고 사는 게 결국은 이득을 본다는 진리입니다.

5. 그 직원을 잡아 와라

이해찬 의원님을 아십니까? 현재 국회의원이고 예전에 노무현 정부 때 국무총리까지 했던 사람입니다. 이기우란 분을 같이 아셔야 하는데, 이분은 여기 부산사람으로 부산고를 졸업하여 부산 어느 교육청 학무계장을 거쳐 교육부 차관까지 올랐습니다. 이해찬 총리가 총리를 하기 전 교육부장관을 했을 때 교육부 차관을 하신 분입니다. 고졸 출신으로 교육공무원으로 시작해서 차관까지 갔는데 그때 이해찬 장관이 100년에 한 번 나올까 말까 한 공무원상이라고 말할 정도로 칭찬이 자자했습니다.

두 분이 같이 골프를 치러 자주 갔는데 재미있는 일화가 있습니다. 이기우 차관은 자기 공이 날아가는 것은 관심이 없고, 장관 공은 항상 끝까지 보고 있다가 장관보다 공 떨어진 장소에 먼저 달려가서 장관이 오면 '여기 있습니다.' 하고 알려 주곤 했는데 약간 잘못된 공이나 OB 라인 밖의 공까지 남모르게 살짝 옮겨이걸 '알까기'라 함 공을 치기 좋게 해 두었다고 합니다. 장관이 볼 때 얼마나 좋았겠습니까?

최근에 확인해 보니 이기우 전 차관은 인천 모 대학의 총장을 하고 있습니다. 누구나 데리고 가고 싶은 아래 직원의 표본이지요. 잘하는 사람은 끝까지 챙겨주고 싶은 게 상사의 마음입니다.

부산역 맞이방의 삼진어묵코레일 역 입점업체 중 매출 1위도 있지만, 이전에 대전역의 성심당 빵집이 매출 1위였습니다. 이 빵집이 대전역에 입점할 때 어려움이 많았어요. 당시 정창영 사장님이 그 빵집을 대전역에 꼭 입점시키라고 지시하셔서 대전충남본부 담당자가 사정사정해 대전역에 입점시켰습니다. 그 결과 대박이 났습니다.

성심당 빵집 옆 조그마한 구석진 곳에 '봉이 호떡'이란 가게가 있습니다. 성심당이 대박 난 후 또 다른 입점업체를 찾다 보니 만인산 입구에 호떡집이 잘된다는 소문을 듣고 그 당시 김인호 대전충남본부장이 직접 사장을 설득해서 대전역으로 들여온 사례입니다.

이런 예는 너무 많습니다. 광복동 롯데백화점에 지하 1층 음식매장들이 호황인데 대부분 모셔온 케이스입니다. 이젠 기술만 있으면, 맛만 있으면 서로 모셔가려고 합니다. 직장에서도 마찬가지입니다. 일 잘하는 사람, 돈 잘 버는 사람, 아이디어 풍부한 직원은 모셔갑니다. 취직이 어렵다 하지만 이렇게 불러 모셔가는 사람도 많습니다.

다음은 제가 유용하게 사용하는 앱 몇 개를 소개하겠습니다. '네이버 주소록' 알지요. 휴대폰 잊었다고 전화번호 다 날아갔다고 야단인 사람 이해 못 해요. 네이버 주소록만 깔아놓으면 됩니다. 각 통신사 주소 앱도 마찬가집니다. '건강도우미' 또는 'S헬스' 이게 정말 좋습니다. 하루 종일 걷는 양을 체크해서 상대방과 비교도 해주는데 자꾸 걷고 싶도록 만들어줍니다. 'TS 한글 키보드' 제가 폰으로도 엄청 빠르게 글자를 입력하는 것은 이 자판기 때문입니다. 단축키로부터 다양한 편집 기능까지 정말 유용합니다. 그 외에도 명함관리, 배달의 민족, 각종 영화사 등도 유용하게 잘 사용하고 있습니다. 집에 애들과 소통이 잘 안 될 때 '요즘 좋은 앱이 뭐 있나 아빠도 좀 깔아주고 알려줘라' 하면 저절로 소통됩니다.

6. 부킹 100% 하는 방법

뭐 제목부터 재미있지요? 부킹 하면 나이트클럽만 생각나는데 골프를 치는 사람은 골프장에서 라운딩할 시간을 잡는 것도 부킹이라 하고, 홍보실에서 근무해 보면 신문사에 광고할 지면을 확보하는 것도 부킹이라 합니다.

부산에 처음 와서 얼마 되지 않았는데 처장들끼리 나이트클럽에 간 적이 있어요. 물론 본부장까지 같이 갔는데 그때 본부장이 이런 말을 해 주었어요. "오늘 부킹은 각자 알아서 하되 100% 해야 합니다. 그 노하우를 알려 줄게요. 무조건 예쁘고 나이 어린 상대 절대 잡지 말고, 나보다 한두 살 더 먹었다 싶으면 잡으면 됩니다." 근거 있는 얘긴가요? 파트너가 오면 술만 따르지 말고 물을 달라면 물을 주고, 너무 치근거리지 말고 매너 있게 행동하는 남자로 보여야 한다고 했습니다.

상대방 입장에서 보면 어떤 상대를 찾을까 알 수 있다는 것이지요. '매너 있는 남자, 부킹 100%의 필수 조건입니다, 상대를 배려하고 존중하며 예우를 잘해야 합니다.'라는 나이트클럽 화장실에 써 붙여져 있는 문구가 정답입니다. 오늘 나이트클럽에 가서 시험해 보시죠.

7. '알아서 해'라는 속뜻은?

아래 직원이 제일 어려운 것은 상사가 '알아서 해'라는 말이라고 했습니다. 예전 철도청 시절 모 본부 국장은 아래 과장이 저녁 식사를 함께 하자 했는데 막상 식당에 가서는 마음에 안 든다고 자리에 앉지도 않고 바로 돌아섰으며 하루 저녁에 자리를 다섯 번 옮긴 일도 있다고 합니다. 물론 그런 상사가 있으면 안 되지만 자리를 마련한 과장도 국장의 속마음을 몰라서 일어난 일이기도 합니다.

통상 저녁 회식을 한다고 하면서 상사에게 어디에서 할까요? 하고 물으면 '너 알아서 해'라고 말하곤 하는데 그때 그 말을 듣고 자기 마음대로 정하는 경우가 있는데 사실은 잘못 이해한 것입니다. 진짜 속뜻은 "네가 내 마음속에 들어와 내가 원하는 의도대로 마음에 쏙 들게 해" 이런 뜻입니다.

이런 일도 있었다고 합니다. 상사가 직원에게 팩스 좀 보내라고 했는데 나중에 확인해 보니 팩스가 엉뚱한 곳에 가서 중요한 계약을 못한 경우가 있었답니다. 직원은 팩스 보내라는 말의 뜻을 그냥 종이 한 장 보내면 된다고 생각했지 그 팩스가 상대 회사에 제대로 도착했는지까지 확인하는 것을 몰랐던 것입니다.

8. 은퇴 후엔 가장 낮은 자리로 가라

이 영화 '인턴'을 보셨나요? 전 대전 집에 가면 아내랑 함께 조조 영화를 꽤 보는 편인데 이것도 그때 본 듯합니다. 퇴직을 앞둔 직원들은 꼭 봐야 할 영화인 것 같습니다.

줄거리는 회사 사장까지 지낸 나이 70세 로버트 드니로가 새로운 회사에 취직하여 인턴생활을 하는 걸 그렸습니다. 회사 사장은 30세 갓 넘은 여성앤 해서웨이이었습니다. 처음엔 나이 많은 남자 인턴이 자신을 보좌하는 것을 엄청 불편하고 어려워했지만, 경험 많은 할배 인턴은 운전에서부터 해외출장 수행, 가정사 부부 문제까지 상의해 주고 차츰 신뢰를 얻게 됩니다. 그 결과 회사가 더 번창하고, 여사장과 할배 인턴은 직장생활에 만족한다는 내용입니다.

그 영화를 보고 나도 나중에 퇴직하면 저런 사람, 저런 역할을 해야겠다고 마음먹었습니다. 선배들은 대부분 퇴직하면 부사장, 부회장, 고문 등의 직함으로 꽤 많은 연봉을 받고 다닙니다. 아마도 회사 경영자 입장에서는 3~4년 정도 전관예우 기간 정도 끝나면 빨리 잘라버리고 싶지 않겠습니까. 하지만 할배 인턴처럼 적은 연봉을 받고 그 회사에 꼭 필요한 역할을 한다면 굳이 자르려 하지 않을 것 같습니다.

예전에 철도청 시절, 열차과장으로 근무하신 선배가 계셨는데 그분은 몇 년을 남겨두고 명퇴를 하시고 대구지하철 부장급으로 가셨습니다. 모두 의아하게 생각했는데 몇 년 지나고 나니 한 단계 더 올라가고, 마지막에 본부장까지 하시고 정년을 넘겨 일하시다가 퇴직하시는 걸 보았습니다. 퇴직하고 좋은 자리, 높은 자리 가면 얼마 못 가서 잘릴 줄 알고 한 두 단계 낮은 자리로 간 케이스입니다. 이 사례들도 결국 남들이 생각하는 것과 반대로 거꾸로 해야 더 좋은 결과가 나타난다는 것을 알 수 있습니다.

9. 골프 칠 때 OB는 1타 3피

골프 이야길 자주 하는데 골프를 쳐 보면 골프가 인생살이와 꼭 같다는 생각이 많이 듭니다. 골프를 칠 때 지정된 코스를 벗어난 것을 OB Out of Bounds라 칭하는데, 야구에서 아웃하고 같은 뜻입니다. 이렇게 되면 2벌 타를 쳐서 스코어 손해를 많이 보는데 공 잘 치는 사람은 OB를 내지 않아야 합니다. 지난번 TV에서 봤는데 중앙공무원교육원장을 지낸 윤은기 원장은 골프장에 가면 전반, 후반 각 한 번씩 OB를 내어준다고 합니다. 일부러 내는데 이것은 상대방을 위한 배려라고 합니다. 왜냐하면, OB를 내면 동반자 3명은 상대적으로 2점을 앞서가게 됩니다.

내기를 할 경우 OB 낸 사람이 독박을 쓰게 됩니다. 골프는 4명이 기본인데 본인이 OB를 내면 상대방 3명은 좋아라 합니다. 일명 1타 3피는 한 사람의 실수로 3명이 이득을 취하는 구조라는 말이죠. 상대를 up시켜주고 싶다면, OB를 내면 됩니다.

10. 영조가 오래 산 이유는?

마지막 사례입니다. 영조 아시죠? 조선왕조 500년, 아니, 이성계가 건국한 게 1392년이고 27대 순종이 마지막 왕이며, 한일합병이 1910년이니깐 519년이라 해야겠지요. 영조는 단명한 다른 왕들에 비해 오래 살 목숨을 타고났던지 왕들 중 재임기간이 가장 길고 오래 사셨던 임금입니다. 조선 21대, 82세 卒

혹자는 영조가 자신이 오래 재임하려고 자기 아들 사도세자를 뒤주에 가두어 죽였다는 말도 합니다만, 지난번 영화 '사도세자'를 보면서 그것만이 다는 아닐 거 같다는 생각이 들었습니다. 영조는 입이 짧아 식사를 아주 적게 먹었고 특히나 맛있는 궁중음식을 싫어했답니다. 요즘 추세가 웰빙이라며 현미나 잡곡 등을 먹고 있습니다. 그 옛날 영조는 웰빙 음식이라 할 수 있는 서민이 먹는 시래기죽이나 흠집이 나고 약간 썩기도 한 잡곡 등 기름지지 않은 음식을 즐겨 드셨다 합니다.

어렸을 적 이밥쌀밥은 생일날이나 먹었는데 80년대 이후 쌀밥과 고기를 먹고 좋아했던 추억이 있습니다. 영조는 그때 그 시절 이런 것을 미리 알았던 게 아니고, 선천적으로 입이 짧아서 웰빙식을 했던 것입니다. 역설이지만 허드레 음식이 몸에 더 좋다고 하는 것. 이것도 거꾸로가 정답입니다.

거꾸로가 정답인 것은 셀 수 없이 많습니다.

- 장사에서 팔지 말고 사게 하라.
- 잘되는 가게는 홍보하지 않는다.
- 밥 사주지 말고 밥 사 달라고 해라.
- 비서처럼 해라, 고객이 왕이다.
- 늦게 오니 엄마가 걱정돼 기다린다.
- 뛰어가지 말고 떨어질 곳에 서 있어라.
- 위기는 기회다.
- 쓰고 싶은 글이 아닌 읽고 싶은 글을 써라.
- 내 공보다 상대방 공을 먼저 찾아라.
- 힘들고 어렵고 지저분한 일은 내가 한다.

'거창고등학교 직업선택 십계명' 한번 찾아 읽어 보십시오. 이게 오늘 강의 내용과 거의 같습니다.

직장생활, 이렇게 하면 달인이 된다

나의 제1고객은?

- 가까이 있는 사람부터 챙겨라상사, 부하, 동료. 새로운 네트워크보다 기존 인맥을 튼튼히 해라.
- 동료부하가 날 살리고 내가 퇴직하면 도움받는다.
- 협력회사 직원에게 갑질 하지 마라. 퇴직하면 나도 거기 간다.
- 상사가 승진하면 내게도 기회가 온다.
- 어려운 상사를 잘 모시면 내가 뽑혀 간다.
- 배우자, 자녀, 다른 가족들과도 어울리고 챙겨라.

보고 와 보고서 작성

- 모든 업무는 보고부터 시작된다. 문서/메모/구두문자
- 반응반드시 응한다은 즉시 해라.메일, 문자, 보고서
- 1매 베스트다. 결론부터 짧게 간단하게, 요약을 잘해라.
- 가장 최근 상황, 상사 관심사항을 보고 자료에 포함해라.

- 자랑거리를 먼저 보고, 애로건의사항은 나중에 보고해라.
- 두루뭉술 말고 구체적숫자, 시간, 행동 등으로 보고해라.
- 오탈자를 주의하고 작성된 문서는 제삼자에게 검토받아라.
- 개인 사정이든 업무 일이든 일정은 미리미리 알려라.

꾸준한 자기계발과 메모 습관

- 책을 읽고 외국어를 배워라. 새 장비는 무조건 배워라.
- 시사, 상식 등 업무 외적 사항도 관심 가져라.
- 트렌드, 유행에 민감하게 반응해라.
- 트렌드를 업무에 접목시켜라합하고 분할하고 뒤집어라.
- 수첩을 휴대해라. 독서, 연설, 강연 등을 듣는 경우 아이디어가 떠오르면 즉석에서 메모해라.
- 메모장을 만들어 정리해 두고 신문기사도 스크랩해라.
- 엉뚱하게 생각하고 창의적 아이디어를 제시해라.

금전 관계는 1원도 명확하게

- 회사 돈은 함부로 쓰면 안 된다. 공금 관리는 철저히 해라.
- 직장 내 공적인 일로 지출된 비용은 상급자에게 보고해라.
- 동료 간에 회식이나 회비는 투명하게 정리하고 알려라.
- 청렴이 무기이다. 의심스러운 행동을 하지 마라.

출필고 반필면출장관리

- 출장 후 사무실에 돌아와 일과를 끝내라.
- 출장 수행 시 스케줄을 짜고 돌아오면 결과를 보고해라.
- 현장의 건의사항은 반드시 피드백해라.
- 현장에 가면 무언가를 가져와라. 지적, 개선, 건의사항
- 현장의 목소리를 들어라. 일에 반영, 시행사항 체크
- 제일 높은 분역장을 만나라. 전체입장 애로 건의사항 수렴

비서처럼CEO 입장 일해라

- 일은 조직 입장상급자 입장에서 처리해라.
- CEO처럼 일해라. 돈을 적게 쓰고 일은 많이 해라.
- 비효율적인 것은 고치려고 하고 개선할 것이 뭔가 생각해라.
- 부서 이익보다 전체 이익 차원에서 일해라.
- 회사가 흔들리면 나에겐 기회가 온다.
- 상위부서에 근무비서실, 기획부서, 총괄부서해라.
- 최고경영자를 가까이할 수 있는 일을 해라.
- T/F팀, 파견근무, 조근근무근무지정는 새로운 기회다.

긍정, 열정마인드와 복장과 태도

- 긍정적 생각과 항상 밝은 미소를 지어라.
- 매사에 열정을 가지고 임하되 하는 일엔 의미를 부여해라.
- 안 되더라도 일단 덤벼들어라.

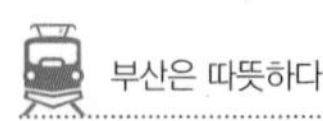

- 옷은 깔끔하게 입고 항상 웃는 얼굴로 인사를 잘해라.
- 외모는 사람의 첫인상이며 업무에까지 영향을 준다.
- 일찍 출근하고 유머 감각을 익혀라. 지각은 최악이다

동료는 경쟁자가 아닌 협력자로

- 남의 기획서를 비판하지 말고 남을 험담하지 마라.
- 혼자 일하려는 마음가짐이라면 직장을 떠나라.
- 동료와 불필요한 논쟁을 하지 말고 깎아내리지 마라.
- 선배는 100만 권 장서 보관 도서관이다. 경험자, 구문서, 인터넷
- 동료, 후배가 어느 날 상사가 돼 돌아온다.
- 매뉴얼로 정비해라. 행사가 끝나면 반드시 피드백
- 개방적으로 일해라. 말할 땐 본인 것을 말해라. 본인 실수 이야기는 상대가 더 좋아한다.
- 선임자를 승진시켜야 다음 차례가 내가 된다.

업무 외 한 가지는 특출나게

- PC 및 사무용 기기의 사용법을 잘 익혀라.
- 사진 · 동영상 촬영 편집, 파워포인트, 문서 변환, IT 기기 등 업무에 필요한 S/W를 잘 다루어라.
- 스마트폰 애플리케이션을 스마트하게 활용해라.
- 타 분야 일도 관심을 가지고 정보력, 안테나를 높여라.
- 해 주지 말고 할 수 있도록 가르쳐 주어라. PC, S/W

간부일수록 자기희생

- 자기 몫을 포기해야 리더십이 생긴다.
- 특정인을 미워하지 말고 좋아하더라도 표 내지 마라.
- 부하직원 교육도 간부가 해야 할 일 중 절반 이상이다.
- 참고 인내하며 오래 듣고 짧게 말해라.
- 곡식은 익으면 머리를 숙인다. 올라갈수록 고개를 숙여라.
- 겸손은 상대방에 대한 최고의 배려, 아랫사람에게도 겸손해라.
- 성질이 급하고 불 같은 사람치고 제대로 대접받는 사람 없다.

인적 네트워크를 넓혀라

- 사람을 많이 알아라. 회사 바깥사람도 많이 알아라.
- 생소한 때는 인맥을 찾아라. 돌려치기, 주변부터 찾아라
- 외부 손님을 잘 모시고 배웅해라, 돌아간 뒤 문자를 보내라.
- 청소 인부, 신문배달원에게도 인사를 잘해라.
- 벼락치기 인맥은 없다. 혼자 밥 먹지 마라.
- 평소에 쌓아둔 공덕은 위기 때 빛을 발한다.

조직은 뛰어난 머리보다 충성도

- 스펙은 버리고 조직에 충성도를 높여라.
- 상사와 맞서려면 회사를 떠날 각오를 해라. 회사는 선택해도 상사는 선택할 수 없다
- 힘들고 어렵고 지저분한 일은 자원해서 해라.

- 주말 비상근무, 명절날 근무를 자원해라.
- 근무시간에 딴짓하지 마라. 게임, 주식, 사적 전화 등
- 내 밥값은 내가 내고, 남의 밥값도 내가 내라.
- 한 곳에 너무 짧게도 오래도 근무하지 마라.
- 하찮은 일이라도 열심히 해라. 청소, 복사, 커피 대접

보직과 승진 관리는 내 책임

- 승진서열 점수를 분석하고 미리 준비해 두어라.
- 필요할 땐 상사에게 내 서열과 애로사항을 미리 말해라.
- 서열 점수 관리자와 가까이해라.부서 내, 총괄
- 현재보다 미래 자신의 가치를 높여라. 중요보직
- 연줄, 근무 연을 적절히 활용하는 것도 좋다.
- 남과 경쟁하기보다는 자신과 경쟁해라.
- 잦은 이동은 신뢰를 떨어뜨린다. 승진, 상위부서 이동 제외
- 승진 시점에 부서 자리 이동은 신중히 해라.
- 자리 이동은 주사보과장, 주사차장 초기에 해라.
- 경쟁상대를 고려해서 자리를 이동해라.

전공분야 최고 전문가가 되고 글을 쓰라

- 전공 서적을 펴내면 자기 실력 완성이다. 저서는 사후에도 남음
- 기술사, 기사, 기능장, 명장을 따고, 석사, 박사를 취득해라.
- 전공분야 사내교육SE, ME을 이수해라.

- 짧은 글이라도 글을 써서 직원들과 공유해라.
- 신문 기고, 사보 등에 기고하고 SNS를 이용해라.
- 말보다 글이 훨씬 힘이 있다. 자신의 책을 펴내어라.

여유, 시간 관리, 그리고 자기계발

- 才 태크, 財 테크, 身 테크, 友 테크. 총무를 자청해라
- 인생은 여행처럼 순간과 과정을 즐겨라.
- 수입의 1% 이상 기부해라. 남을 도우면 내가 행복.
- 사람은 오래 살아 늙는 게 아니라 꿈을 잃어 늙는다. 맥아더
- 삶에서 평생지기 두세 명은 있어야 한다.
- 담배를 피우지 마라. 술자리에서 실수하지 마라.
- 정직하고 사생활을 깨끗하게 해라. 일은 미리미리 끝내라.
- 성공적 인생을 사는 사람은 독한 계획을 실행하는 사람.

상사가 좋아하는 부하 10

- 다양한 분석으로 보고가 빠르고 정확한 직원
- 시간을 잘 지키고 정직한 직원
- 아이디어 제시가 많고 창의적인 직원
- 상사의 의중을 잘 파악하는 직원
- 늘 웃으며 인사성이 있고 긍정적인 직원
- 주어진 업무에 열정과 도전적인 직원
- 자신보다 조직 분위기를 위해 힘쓰는 직원

- 남을 험담 않고 정보가 빠른 직원
- 의견을 자주 묻고 상의하는 직원
- 자기 계발에 힘쓰며 꾸준히 노력하는 직원

상사가 싫어하는 부하 5

- 업무에 충실하지 않고 게으른 사람
- 잘못을 남에게 돌리고 말이 많은 사람
- 불평불만이 많고 이기적인 사람
- 정직하지 못하고 거짓말하는 사람
- 말로만 일하고 실행은 하지 않은 사람

* 여기저기에서 듣고 본 것들을 정리하여 직원들께 이야기했던 것들.

문서 작성기안, 협조문시 유의 사항

- 문서 제목은 전체를 알 수 있도록 간략하고 명확하게
- 글자는 명조체가 기본이며 색상은 넣지 않는다.
- 중요나 강조 시 고딕체나 진하게 하면 좋다.
- 첫 문장 시작은 제목 첫 글자와 같은 위치에서 시작
- 하위 항목 시작은 상위 항목 위치에서 2타 띄운 후 시작
- 문서엔 줄이나 칸중간 들어 쓰기을 띄워서는 안 된다.
- 목차는 1, 가, 1), 가), (1), (가), ①, ㉮의 형태가 기본
- 과장된 표현이나 애매모호한 표현은 사용하지 않는다.
- 날짜는 숫자로 표기 온점(.), 시간은 쌍점(:)으로 표기
- 금액을 표시할 땐 금3,0000원(금삼천만원) 식으로 이중표기
- 문서의 "끝" 표시는 본문 내용의 마지막 글자에서 한 글자2타띄우고 "끝" 표기, 줄 끝일 경우 다음 줄에 "끝" 표시
- 모든 문서는 소속 장 명의로, 협조문은 보조기관도 가능
- 결재라인은 수직계기안자/팀장/처장/본부장만 설정하고
- 수평계팀장-팀장, 처장-처장 등는 협조라인으로
- 협조 라인은 소속 내에서만 가능타 소속 협조 안 됨
- 협조 시는 자기 부서장 먼저, 타부서장이 나중에 결재토록
- 문장은 쉬운 말로 쓰되 강요하는 표현은 하지 않도록
- 전문용어는 쉬운 말로 표시하고 필요시 세부 설명 붙임
- 붙임은 최소화, 오탈자 없도록 하고, 한자는 꼭 필요시만

보고서 작성 및 보고 요령

- 보고서 작성 전에 지시자의 의도를 확실히 파악해라.
- 기본 초안을 작성하여 지시자 사전 검토를 먼저 받는다.
- 중간 경과 보고를 하며 최종보고 날짜를 알도록 한다.
- 자료를 충분히 검토하여 비교 분석하고 결론을 내라.
- 최종 결재자가 선택할 수 있도록 2~3 안을 만들어라.
- 예산과 관련 부서 갈등사항을 사전에 체크해라.
- 보고서 내용은 정확하고, 기한 전에 완료해야 한다.
- 보고서는 기본 디자인을 예쁘게 만들어라.
- 도표, 비교 표, 전·후 등 양식을 잘 만들어라.
- 요약 전을 만들고 결론을 확인할 수 있도록 해라.
- 결재 순서를 잘 챙겨라.낮은 서열별/협조는 자기상관 먼저
- 의견이 있을 땐 반영하고 결재 후 결과를 알려라.
- 비 대면일 경우 사전에 연락하여 결재 요청해라.
- 사소한 보고는 구두로, 문자, 수기로 해도 된다.
- 보고 시 구체적 내용을 보고~시 누가, 어떤 일을
- 사진은 핵심을 알도록 1~2장 정확하게 찍어서 붙임.
- 전자결재 시 붙임 문서는 가급적 파일을 최소화
- 여러 사진은 문서에 붙여 1~2쪽에서 볼 수 있도록
- 오탈자가 없도록, 제삼자에게 검토 받아 검증해라.
- 보고 후 성과가 나고 실행할 수 있도록 해야 한다.

글쓰기 기본 요령

– 해야 할 것 7가지

- 어려운 한자나 외래어를 쓰지 말고 쉽고 편한 글을 써라.
- 문장은 짧게 써라. 긴 문장은 나누어라. 2줄 이내
- 제목은 핵심어로 붙이고, 핵심이 드러나고 명확하게 해라.
- 한 문장에 하나의 사실주제만 다루어라.
- 통계숫자로 설명하면 신뢰도가 높다.
- 흔히 아는 사물과 비교해라. 운동장 크기보다 2배~
- 에피소드, 사례를 들어서 글을 써라.

– 하지 말아야 할 것 3가지

- 중복된 단어를 사용하지 마라. 유사어로 바꾸어라
- 접속사를 자주 쓰지 마라. 그리고, 그런데, 또
- 1인칭 주어는 가급적 생략해라. 나는, 우리는, 본인은

– 신문 기고문 쓸 때

- 주제와 사례를 엮어 결론을 만들어라.
- 잘 알고 있는 주제와 시기적절한 주제를 선정해라.
- 자신의 목소리를 담고, 문제사항은 해결방안을 제시해라.

– 보도자료 쓸 때

- 육하원칙, 두괄식으로 쓰고, 내용을 설명하는 식으로 써라.
- 약자나 전문용어를 쉬운 말로 풀어써라.
- 초등학생도 이해되도록 써라. 사진 한 장도 보도자료다.

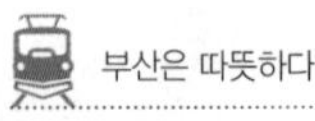

PPT 및 발표 자료 작성 시 유의 사항

– 듣는보는사람 입장에서

- 가장 쉬운 표현으로 작성하자. 모든 사람이 이해되도록
- 색상은 2~3가지, 글자체는 2가지 정도로 통일
- 바탕을 너무 화려하게 하지 마라.
- 문구는 간단 명확하게 함축하여 쓰라.
- 핵심 또는 발표하는 의도 목적을 확 드러내라.

– 사진, 자료, 동영상 삽입 시

- 사진은 1면에 1~2장만 넣어라. 많이 넣지 말아라
- 동영상은 1분 이내 설명 연기는 3분 이내로 해라.
- 도표는 전 · 후상대비교가 되도록 만들어라.
- PT 화면보다 발표자를 응시토록필요시 화면을 끄라

– 발표자 유의 사항

- 발표자의 몸짓과 인상 제스처로 70% 이상 이해한다.
- 발표 내용으로 이해하는 것은 10% 정도이다.
- 딱딱하지 않도록, 자연스럽게 이야기하듯 해라.
- 복장은 단정히, 얼굴과 헤어스타일까지 신경 써라.
- 손의 모션이 중요하다. 몸짓과 손짓이 더 강하다.
- 발표자의 목소리 톤을 높고 낮게 하고 리듬을 타게 하라.
- PT 화면과 발표내용목소리을 일치시켜라.
- 발표 중간에 침묵잠시 쉼도 필요하다.

출장 등 상사 수행요령

– 출발 전

- 출장 스케줄 작성출장지와 협의, 교통편, 열차시간
- 출장 장소에 사전 연락하고 준비를 하게 한다.
- 출장지의 관심사항을 미리 파악하여 보고한다.
- 출장지 만나는 직원 명단과 특이사항을 보고한다.

  개인 애로, 우수 칭찬직원 등 현장 관심사항
- 식사를 할 경우 식당을 예약하고 준비한다.
- 준비사항, 복장안전모, 안전조끼, 신발, 손전등 등
- 출장 출발 전 출장처리복무결재를 반드시 하고 출발한다.

– 수행 중

- 상사의 이야기지시와 직원의 이야기를 메모한다.
- 식사 시 좌석 배치도를 준비하고 이름을 알게 한다.
- 비하인드직원소리도 참고그 속에 진심 있다
- 중요한 순간 사진을 자연스럽게 찍는다.
- 사진 찍을 땐 전면얼굴이 나오도록 찍는다.
- 돌아갈 시간 사전 인지 및 통보자연스러운 대화중지

– 수행 후

- 현안사항 및 현장 애로사항을 담당자에게 알린다.
- 출장 보고서는 바로 작성하고 보고한다.
- 건의 현안사항은 바로 피드백 한다.

SNS 예절 및 준수 사항

– 글 읽고 올릴 때

- 읽을 때는 글 쓴 사람에 대한 감사하는 마음을 갖자.
- 글을 읽은 후 댓글느낌을 기분 좋은 표현으로 올리자.
- 너무 주관적이고 도배 글이나 과한 표현은 지양하자.
- 글은 짧게 쓰는 게 좋다. 긴 문장은 문단을 나누어라.
- 제목은 내용이 확실히 파악되도록 간단히 쓴다.
- 인용 글이나 사진은 그 출처를 함께 올리는 것이 좋다.

– 댓글이나 느낌으로 답할 때

- 개인 간 SNS는 즉시 답하고, 감정표현은 이모티콘이 최고
- 상대 글에 댓글을 달아야 내 글에 달린다.give & take
- 개인적인 의견은 댓글보다 개별 문자쪽지를 보내라.
- 사람은 서로 다르다는 것을 항상 인식하고 댓글을 달자.

– 사진이나 자료를 올릴 때

- 자신의 사진만 올리고 남의 사진은 저작권에 유의하자.
- 사진 용량은 축소500K 이하, 동영상은 1분 이내가 좋다.

– PC 문서를 휴대폰으로 보기

- 폰으로 메일을 보려면 폰 메일 앱에 메일 계정을 설정한다.
- PC의 한글파일 등은 메일로 붙여 보내면 폰 메일 앱을 클릭하여 붙임 파일을 연다. 해당 SW뷰 앱을 폰에 깔아야 함
- 직접 복사하려면 메일 보낼 때는 메일 바탕에 글을 직접 써 보내서 사용/글자, 문장을 드래그 해서 복사/붙이기

행사 시 준비 체크사항

– 사전 준비사항

- 계획서 작성일정 잡기, 장소 섭외, 대상 인원, 예산, 카메라, 홍보 관계[보도자료, 홍보실 영상촬영] 등
- 자리 배치테이블 명패, 라운드형, U자형, 화분 등
- 식순 및 현수막 준비장소에 맞게 사이즈 확인
- 사회자 지정, 외부강사 초청시간, 이동 수단, 강사료[통장사본], 약력 사항, 강의자료 PT파일
- 사전 리허설, 박수 인원 유도, 말씀자료 2부1부 예비, 복장 통일, 행사 도우미, 질문사항 등

– 행사 시 체크사항

- 음향시설유·무선 마이크 강의용 자재빔 프로젝터, 강의교재 파일, 노트북 사전 세팅 확인, 강사 선물
- 휴식 시 음료간단 다과, 커피, 차, 생수, 종이컵
- 강사 도착 확인도우미 지정, 간단 휴식 공간 마련, 강의 연설시간 확인 체크
- 강의행사 시 박수 유도 등 즐겁게 끝나도록 사전 알림
- 행사 후 뒤풀이회식 등 사전고지, 인원 수, 식당예약
- 행사 후 보도자료, 사진촬영 배포
- 행사결과 보고피드백, 강사 감사 인사문자 등

식사 초대 예절

- 초청대상자가 좋아하는 음식식당을 예약한다.
- 식당은 초청대상자가 부담스럽지 않은 곳이 좋다.
- 식사는 4명이 제일 좋고, 많아도 8명 이하가 좋다.
- 주빈이 도착 후 자리에 앉고 난 후 나중에 앉는다.
- 사전 좌석배치를 짜고 이동수단을 확인한다.
- 주빈이 좋아하는 사람을 바로 옆에 앉힌다.
- 초청자가 먼저 도착해 안내하고 주차공간을 확보해 놓는다.
- 신발을 보관한다. 나갈 때 찾기 좋게 또는 인도한다
- 좌석은 상석출입문 반대쪽, 병풍 친 쪽, 경치 좋은 곳을 바라보는 곳을 확인하고 본인은 출입문 쪽에 앉는다.
- 부부는 마주 보고, 여성이 섞일 경우 남녀남녀 식으로.
- 미리 계산하는 것도 좋은 방법이다.
- 술 따를 때 실수하지 않도록양손, 오른손 왼쪽 받침
- 술은 상대가 멈춤을 요구할 때 바로 멈춘다.
- 여성은 술 대신 음료나 부드러운 것을 준비한다.
- 식사 중 좋은 분위기를 유도하여 즐겁게 한다.
- 돌아갈 때 대비 교통편 사전 예약대리운전 포함
- 택시를 탈 때는 운전석 대각선 뒤쪽이 상석주빈이다.
- 택시를 탈 때 뒷좌석에 상사가 타야 할 경우에는 본인이 먼저 타고 상사는 나중에 타게 한다.
- 네 명이 택시 탈 때는 앞좌석 운전기사 옆이 상석이다.

감사 등 조사 받을 때 참고사항

– 사전 준비시항

- 사전에 조사 의도가 무엇인가 충분히 파악해서 준비해라.
- 조사부서 호출 시 우선 느긋한 마음가짐을 갖고 늦게 끝난다는 마음가짐을 해라.자정까지 조사 받는다는 각오
- 참고자료를 준비하고 경험자상급자나 변호사의 조언을 받아라.
- 미행하거나 사전에 감시 하는 것은 불법이다.법적조치 고지

– 조사 받을 때 유의사항

- 질문할 땐 최대한 필요한 말만 하고 의심스럽고 불확실한 것은 즉답을 피하라.필요시 묵비권 행사
- 조사를 받을 시 적절한 때 관련자에게 알려 조언을 받아라.
- 강압으로 조사했을 때는 조사 자체는 증거가 되지 않는다. 그때 피조사자는 거부할 수 있다는 사실을 알아라.
- 직장 내 조사 받을 때는 사소한 잘못은 잘못했다고 시인해라. 변명은 오히려 손해를 본다.제가 착오를 한 것 같습니다
- 경찰이나 검찰에선 잘못을 시인하면 손해를 볼 때가 많다. 증거는 조사자가 캐야 한다. 본인 입으로 말하지 마라.
- 통장거래, 통화 내역은 영장을 발부 받아야 함. 임의 동행하여 자신이 조회사실을 뽑아 제출하지 마라.
- 문답서는 본인진술의 결정적 증거이므로 신중히 해라.
- 문답서에 최종 날인하기 전에 수정 필요 시 반드시 수정해라.

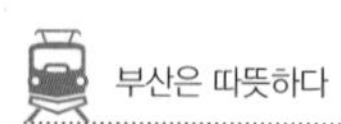

간부가 해야 할 것과 하지 말아야 할 것

– 간부가 하지 말아야 할 것

- 지시만 하고 부하 말을 듣지 않는 것
- 회의만 오래 하고 일할 시간을 주지 않는 것
- 퇴근시간 때 업무 지시하는 일
- 사적인 일에 부하직원을 시키는 일
- 퇴근 후 직원들과 술자리 자주 하는 것
- 부하직원 꾸중을 전 직원 앞에서 하는 것
- 특정인을 미워하거나 차별하지 말아야 한다.
- 화를 내거나 큰 소리 치지 말아야 한다.
- 업무와 관계없는 일로 시간을 보내는 일
- 상사를 탓하거나 핑계되는 일을 하지 말자.
- 수직적 사고와 독단적 생각을 하지 말아야 한다.

– 간부가 해야 할 것

- 정확한 업무 이해를 하고 목표를 설정해야 한다.
- 업무지시와 방향은 명확하게 해 주어야 한다.
- 솔선수범커피도 내가 타 마신다
- 부하직원의 칭찬과 격려를 적절히 해야 한다.
- 자유스런 의견을 제시하도록 유도하는 일
- 젊은 사람을 이해하는 부하의 언어를 배워야 한다.
- 정보를 공유하고 부하직원을 교육시켜야 한다.
- 부하보다 더 많은 공부를 해 혁신역량을 키워야 한다.

Epilogue

열차가 도착하여 입고합니다

열차가 종착역에 도착하면 차내 청소를 간단히 하고는 차고지로 들어갑니다. 이것을 철도용어로 '입고한다'고 합니다. 철도인들은 어떤 게임을 할 때도 처음 시작할 때 '발차할까요?' 합니다. 우리 직업 특성상 '에필로그'보다 '입고합니다'가 더 익숙하게 느껴집니다.

2009년에 첫 번째 책 『밑지고 사는 게 밑지는 게 아니여』, 2010년도에 『행복한 철도인』이렇게 에세이 두 권을 내고 독자직원들에게 꽤 사랑을 받았습니다. 5년 안에 세 번째 책을 낸다고 약속했는데 조금 늦어 버렸습니다. 중간에 원고를 모두 정리하고 책을 펴내려 했는데 용기가 나지 않았습니다. 지난해 말 명예퇴직을 할까 말까 많이 망설였는데 마음의 결정을 내리지 못했습니다. 아직 1년 반이나 남았긴 했는데 지금 이대로 그냥 퇴직하게 될지도 모른다는 두려움이 있어, 우선 부산에서 생활한 내용이나마 책을 내기로 마음먹었습니다.

궁하면 통한다고 연초부터 부지런히 정리했는데 1분 메일은 계속 이어지지 못하고 중간중간 많이 빠진 부분이 있어 아쉬웠습니다. 부지런하지 못했던 지난날과 목 디스크 때문이라고 핑계 아닌 핑계 탓을 해 봅니다. 강의 자료는 찾아보니 녹음파일이 몇 개 있어 녹음한 내용을 돌려보면서 적었으며, 없는 내용은 다시 썼습니다. 마지막 부분은 그동안 읽은 자기계발서와 여기저기서 귀동냥하고 직원들에게 교육했던 '직장생활 잘하기' 자료를 덧붙였습니다. 물론 저도 절반도 실천하지 못했습니다. 앞으로 철도를 이끌어 갈 후배들은 더 많이 실천해서 직장생활 재미있고 알차게 하여 나중에 후회 없었으면 합니다.

딸애가 학교에서 디자인을 전공해서 책 표지를 부탁했더니 좋아하며 도안해 주겠다고 나섰습니다. 조금은 아마추어 솜씨 같지만, 딸애가 디자인한 것이라 제게는 더 의미가 있어 좋았습니다. 어디에서 근무하든 가는 곳마다 젊은 직원들에게 직장생활 잘하는 법을 가르쳐 주곤 했습니다. 부속실 윤빛나 님께 교정을 부탁했는데 정말 잘했습니다. 진주하동에 근무하는 최고은 님은 내가 부임 때부터 많은 카톡과 문자를 주곤 했는데 교정을 부탁했더니 좋아하고 수고해 주었습니다. 울산역의 송영호 팀장은 홍보실 시절부터 같이 근무했는데 최종교정을 봐 주었습니다. 세 분 모두에게 고맙다는 말을 꼭 전하고 싶습니다. 마지막에 아내가 최종교정을 봐 주었습니다.

60년 전후 출생자 대부분 그랬듯이 저도 처음엔 어려웠습니다. 공부도 직장생활과 병행해 야간에 다녔습니다. 직장에선 위로 올라가려고 했지만, 아래쪽을 늘 생각하며 살았습니다. 그래서 책 추천사도 함께 근무하는 직원들 글로 실었습니다. 교정을 봤던 직원들, 저를 잘 알고 함께 근무하고 있는 동료들, 그들과 함께한 시간이 전 정말 좋았습니다.

국립발레단 단장이자 독일 슈투트가르트발레단 수석 발레리나 강수진 씨가 모 TV 프로에 나와 이렇게 이야기를 했지요. "전 젊은 시절로 되돌아가고 싶지 않아요. 지금까지 생활한 시간이 쌓여 현재의 제가 있는데 지금이 제일 좋습니다." 대부분의 사람은 지난날들을 돌아보며 후회스러운 모습을 떠올리지만 강수진 발레리나는 달랐습니다. 지난날 혹독하게 훈련했고 그 결과 세계 최고 발레리나로 우뚝 설 수 있었다고 봅니다. 강수진 발레리나를 보면서 나도 지난날이 후회 없었으면 좋겠다고 생각했는데, 막상 퇴직을 앞두고 생각하니 후회스러운 나날들만 떠오릅니다.

이제 철도란 직장생활 딱 1년이 조금 더 남았습니다. 몇몇 지인들은 제가 부산에 너무 오래 있었다고 '부산에 말뚝 박았냐?'고 농담조로 말하곤 했는데 마지막쯤에 부산에 근무했다는 것이 자랑스럽습니다. 아, 저기 막 열차가 입고돼 차고지에 도착하네요. 이제 인사를 드려야 할 것 같습니다. 부산경남본부 직원들, 그리고 저를 품어준 부산 분들 모두에게 고맙다는 인사와 감사의 말씀을 전합니다.

2017년 4월

교정을 보고 나서

부산은 따뜻하다. 책 제목을 보면 '부산이 정말 따뜻한가 보다. 부산을 정말 사랑하셨나 보다.'라는 생각이 듭니다. 책을 읽어 보면 볼수록 부산을 사랑하기 위해 그만큼 애쓰셨다는 것이 느껴집니다. 부산 출신이 아님에도 누구보다도 부산을 자랑스럽게 소개하는 6×6공식을 보고 놀라웠습니다. 원고를 교정하면서 나도 내 근무지 하동을 좋아해야겠다는 생각을 하니 움츠린 가슴이 쫙 펴지면서 매일 하던 일도 즐거워졌습니다.

이 책은 철도에서 35년간 근무하신 처장님이 겪어온 삶의 지혜와 사랑하는 후배들에게 꼭 남기고 싶은 이야기입니다. 저에겐 다른 자기계발서와 달리 다가와 저도 모르게 하나씩 실천하게 됩니다. 매일 1분 메일을 쓴다는 것도 쉽지 않은 일인데, 그걸 모아 책으로 낸다는 것 또한 멋진 일인 것 같습니다. 멀리 하동에 있음에도 잊지 않으시고, 늘 관심 가져 주셔서 정말 감사합니다. "사랑합니다. 존경합니다. 방구뽕 총장님"

| 최고은

2016년 끝자락에 부산경남본부로 발령을 오면서 약간 얼떨떨하던 차 저에게 처장님께서 값진 경험을 선물해 주셨습니다. 영광스럽게도 이 책의 출판 전 교정 작업에 참여할 기회를 주셔서 좋은 경험을 쌓게 해주셨습니다. 제가 어떤 코레일인이 돼야 하는지 기준을 알게 되었습니다. 철도 인생과 더 나은 삶에 소중한 거름이자 지침이 될 것 같습니다. 우리 '철도인'뿐만 아니라 '직장인'이라면 꼭 읽어 보기를 권하고 싶은 책입니다. 마지막 페이지를 끝내는 순간, 35년간의 처장님의 풍부한 경험과 노하우를 단 며칠 만에, 그것도 제일 먼저 배울 수 있어서 뜻깊은 일이었습니다.

끝으로, 책 내용 중 '꾸준히 자기계발에 힘쓰라!'라는 말씀이 있었습니다. 평소 늘 생각은 했지만 쉽게 실천할 수 없었던 것을 구체적인 접근법으로 제시해 주셨습니다. 저의 삶에 있어 선생님, 조력자의 마음으로 후배들에게 도움을 주시려는 처장님의 따뜻한 글에 가슴이 뭉클해집니다. 이 책을 통해 직장 대선배님뿐만 아니라 인생의 멘토님을 만날 수 있었습니다. 감사합니다!

| 윤빛나

출간후기

딸랑딸랑 하는 인생살이의 자세로
인생열차를 탄 모든 승객들에게 행복과 긍정의 에너지가
팡팡팡 샘솟으시기를 기원드립니다!

권선복
도서출판 행복에너지 대표이사, 한국정책학회 운영이사

우리 모두는 앞을 알 수 없는 인생을 살아가고 있습니다. 마치 정해진 목적지 없이 무작정 열차에 오른 것과 같습니다. 이렇게 인생열차를 탄 우리는 출발점이 어디인지는 알 수 있어도 도착점이 어디가 될지는 알 수 없습니다. 그러나 우리는 지금 지나는 곳이 어디인지 알 수 있고, 종착점을 스스로 정할 수도 있습니다. 책 『부산은 따뜻하다』는 인생열차에 탄 우리에게 귀중한 지침서가 되어줍니다.

한국철도대학 철도전기과를 졸업하고 철도청 공무원을 시작으로 한국철도공사 본사 언론홍보팀 처장, 전기기술단 전기계획팀 처장, 수도권 서부본부, 대전충남본부 전기처장을 거쳐 현재 부산경남본부 전기처장을 역임한 저자는 부산으로 발령받아 오던 2014년부터 2017년 지금까지, 생전 초짜인 타지에서 완전히 부산사람이 되기까지의 후배 직원들과 소통한 기록들을 일기로 풀어냅니다. 또, "세상살이 모두가 딸랑딸랑"이라는 것부터 "거꾸로 행동하기"까지 삶의 자세에 대해 다양한 예시를 들어 후배 직원들에게 삶의 방향을 제시하여 다시 읽는 독자들에게 따뜻하고 행복한 인생열차를 탈 수 있도록 안내해줍니다.

그래서 『부산은 따뜻하다』는 인생열차에 탄 우리에게 열차이용 안내서와 같은 책이 될 것입니다. 내가 가장 잘난 시대, 남들 따라가기에 급급한 시대에 거꾸로 모든 이에게 딸랑딸랑 하는 겸손한 자세, 1%의 변화로 100%의 변화를 이끌어내는 것과 같은 삶의 자세를 『부산은 따뜻하다』에서 찾는 분들이 많기를 소망하며, 모든 독자분들의 삶에 행복과 긍정의 에너지가 팡팡팡 샘솟으시기를 기원드립니다.